JN073568
魔王学院の不適合者12〈下〉
MAOH GAKUIN NO FUTEKIGOUSHA
～史上最強の魔王の始祖、転生して子孫たちの学校へ通う～
著†秋
illustration†しずまよしのり

Keyword

MAOH GAKUIN NO FUTEKIGOUSHA

災淵世界イーヴェゼイノ

ミリティア世界を襲った《幻獣機関》の所有する世界。もともとはパブロヘタラとも非友好的な関係だったが、魔王学院より一週間ほど先んじて加盟を済ませ、瞬く間に聖上六学院の末席に名を連ねる存在となった。

転生（シリカ）

死した者の根源を次なる生へと誘う魔法。容易ならざる魔法ではあるものの、ミリティア世界においてその存在は一般に知られている。銀水聖海では魔法どころか転生の概念すら信じられておらず、魔法の行使も不可能である。

渇望の災淵

銀水聖海にいくつか存在する、人々の想いを吸い寄せる《淵》のひとつ。災淵世界に存在し、あらゆる渇望が集まって混ざり合い、災厄を生む。溜り、淀んだ災厄はやがて《幻獣》となって世界に産み落とされる。

赤糸

傀儡世界ルツェンドフォルトの主神、傀儡皇ベズが持つ「運命を結びつける」権能が具象化されたもの。人、物に関わらず結び付けた運命を強制する力がある。「発動しない」という運命をくくれば理滅剣さえ抑え込み、「動き出す」という運命をくくれば死体でも動き出す。また人と記憶をくくることで、その記憶を植え付けることも可能。

アーツェノンの滅びの獅子

《渇望の災淵》で濃縮された渇望から生まれる、《幻獣》の中でも最高位の存在。全員、身体の一部が欠損しているように見えるのが特徴。幻獣はもともと形の定まらぬ存在であり、その欠損部位こそが本来の獅子の身体である。

魔王学院の不適合者12〈下〉

MAOH GAKUIN NO FUTEKIGOUSHA

～史上最強の魔王の始祖、転生して子孫たちの学校へ通う～

著†秋
illustration†しずまよしのり

魔王学院の不適合者

登場人物紹介

レイ・グランズドリィ

かつて幾度となく魔王と死闘を繰り広げた勇者が転生した姿。

ミサ・レグリア

大精霊レノと魔王の右腕シンのあいだに生まれた半霊半魔の少女。

シン・レグリア

二千年前、《暴虐の魔王》の右腕として傍に控えた魔族最強の剣士。

イザベラ

転生したアノスを生んだ、思い込みが激しくも優しく強い母親。

グスタ

そそっかしくも思いやりに溢れる、転生したアノスの父親。

エールドメード・ディティジョン

《神話の時代》に君臨した大魔族で、通称"熾死王"。

【勇者学院】

ガイラディーテに建つ、勇者を育てる学院の教師と生徒たち。

【地底勢力】

アゼシオンとディルヘイドの地下深く、巨大な大空洞に存在する三大国に住まう者たち。

Maoh Gakuin no Futekigousha
Characters introduction

【魔王学院】

アノス・ヴォルディゴード

泰然にして不敵、絶対の力と自信を備え、《暴虐の魔王》と恐れられた男が転生した姿。

ミーシャ・ネクロン

寡黙でおとなしいアノスの同級生で、彼の転生後最初にできた友人。

サーシャ・ネクロン

ちょっぴり攻撃的で自信家、でも妹と仲間想いなミーシャの双子の姉。

エレオノール・ビアンカ

母性に溢れた面倒見の良い、アノスの配下のひとり。

ゼシア・ビアンカ

《根源母胎》によって生み出された一万人のゼシアの内、もっとも若い個体。

エンネスオーネ

神界の門の向こう側でアノスたちを待っていたゼシアの妹。

【七魔皇老】

二千年前、アノスが転生する直前に自らの血から生み出した七人の魔族。

【アノス・ファンユニオン】

アノスに心酔し、彼に従う者たちで構成された愛と狂気の集団。

び去った。

§30.【計略】

研究塔の最下層、その魔導工房にて、たった今、俺の目の前でドミニク・アーツェノンは滅

ありえぬ話ではない。

ドミニクを滅ぼす動機があったのは、彼の鎖につながれていたナーガら、アーツェノンの滅びの獅子。彼女たちの仕業だとすれば、恐らく銀水序列戦が始まる直前だろう。ドミニクの隙を窺っていた彼女らに、幸運にもその機会が訪れた。

だが、仮にそうだとすれば、二律僭主を無視してまで俺をイーヴェゼイノから追い払おうとしたのは少々不自然に思える。

ドミニクに警戒されたくないからこそ、俺を奴に会わせたくなかったはずだ。そして、ナーガの計画では、ドミニクを滅ぼすまでにはまだ時間がかかる予定だった。

侵入した二律僭主の対処をドミニクにやらせると発言したのも疑問が残る。ナーガが手にかけたのなら、彼女はドミニクは滅びたと知っている。

二律僭主を放置することになるだろう。

——誰の仕業だ？

銀水序列戦を中断し、魔王学院とともに二律僭主の対処を行ったところでさして問題はなかったはずだ。

つまり、ナーガたちはドミニクの死を知らぬ——だが、他に動機のある者がいるか？

他にドミニクを滅ぼして益がありそうなのは、イーヴェゼイノの外から来た者たち。聖剣世界、傀儡世界の二者だ。

だが、パリントンも軍師レコルも狩猟貴族も、まだこの最下層へは到達していない。バルツァロンドは魔王列車だ。

動機はさておき、犯行が可能だったのは、俺たちが潜入する前から、この幻獣機関の研究塔にいた者のみだろう。

だとすれば、ナーガたち以外に、ドミニクの命を狙っていた幻魔族がいたのか？

「……いたぞっ！　袋のネズミだっ!!」

「お下がりください、所長っ！　侵入者は我々がっ！」

足音を響かせ、わらわらと幻魔族の兵たちが入り口に集まってくる。

「のこのこやってきた愚か者めが。死ねいっ……!!」

「《災炎魔弾》！！！」

炎の弾丸が乱射される。

軽く飛び退いてそれを避ければ、椅子に炎弾が直撃し、爆発した。ドミニクの体が吹っ飛び、ごろりと床を転がって、仰向けになる。

その光景を見た幻魔族の兵士たちは、息を呑んだ。

「な…………」

「あ…………ば…………な…………」

歯の根の合わぬ有様だ。

突きつけられた主（あるじ）の死に、皆、顔面を蒼白（そうはく）にした。

「……ドミニク……様……が……」

「そ、ん、な……」

「……あの男……知っているぞ……パブロヘタラの号外で見た……。確か、今回の銀水序列戦の相手じゃないかっ……？」

すぐさま隊長らしき男が声を上げた。

「時間を稼げっ!!　こうなっては我々だけでは手に負えんっ！　ナーガ様に至急応援を頼むっ!!」

数名の幻魔族が盾になるよう立ちはだかり、後ろに下がった男が《思念通信（リークス）》を使う。その魔法を、俺は《破滅の魔眼》にて睨（にら）みつけた。

「ナーガ様、応答をっ!?　ナーガ様っ!?」

《思念通信（リークス）》の術式は壊され、声はナーガに届かない。

「ちぃっ、奴（やつ）の魔眼（めだ）だっ。あれを封じろっ！　視界を遮ればいい!!」

魔剣を抜き、幻魔族たちは《災炎魔弾（ベズグム）》を連射しながら、俺に向かってくる。《思念通信（リークス）》を《破滅の魔眼》で封殺し続けながら、俺は魔法陣を描いた。

「《覇弾炎魔熾重砲（ドグダ・アズベグラ）》」

蒼き恒星が光の尾を引き、炎弾を呑み込んでは幻魔族たちに着弾する。瞬間、蒼き炎が轟々と立ち上った。

「「「が、ぐ、ぐおああああああぁぁぁぁっっっ！！！」」」

「しばらく静かにしていろ」

焼かれていく奴らを《獄炎鎖縛魔法陣》にて更に縛りつける。

「《永劫死殺闇棺》」

獄炎鎖の魔法陣より現れた闇の棺に幻魔族たちは閉じ込められた。ミリティア世界の魔法のため、永劫の死とはいかぬだろうが、時間稼ぎにはなる。

「パリントン。悪い報せだ。ドミニクが滅びていた」

俺は《思念通信》を送った。

すぐに声が返ってくる。

『……確かであるか？』

「俺の目の前で滅び去った。ほぼ間違いあるまい」

すると、即座にパリントンは言った。

『……まずい……！　ドミニクがつけているパブロヘタラの校章を破壊するのだ……！　赤く染まる前にっ!!』

素早くドミニクの遺体に視線をやる。

パブロヘタラの校章をつけているが、それはすでに赤く染まっている。

「ふむ。手遅れのようだ。なにか問題か？」

「……聖上六学院の要人は特殊な校章をつけることとなっている。要人が滅びた場合に、その者と周囲の魔力を記録し、パブロヘタラへ送信するのである。これによって、その者が確かに滅びた証明としている」

なるほど。

周囲の魔力を記録するということは、だ。

「ドミニクが滅びたときに、俺がここにいた証明になったわけか」

『……左様である……。恐らくドミニクを滅ぼした者は、それを知っていてあえてとどめを刺さなかったのだ。本来、こういった事態を招かぬよう、校章の仕組みは、聖上六学院と裁定神以外には知らされていないのだが……』

「つまり、聖上六学院の中に犯人はいるということか」

『……そうなるだろう……』

今、パリントンが俺に告げたように、他の者が校章の秘密を知っている可能性もあるにはあるが、いずれにしても聖上六学院と関わりの深い者だろう。

『イーヴェゼイノからパブロヘタラへは、界間(かいかん)通信となる。通常の《思念通信(リークス)》とは違い、銀泡(ぎんほう)を挟むために時間がかかる』

世界の外へ移動するには特別な船が必要だ。同じく殆(ほとん)どの魔法の効力は小世界の外へは及ばない。《思念通信(リークス)》も、通常は外へは届けられぬ。

魔王列車のように銀灯(ぎんとう)のレールをつないでいたとしても、魔法通信には遅れが生じる。それがないのだから、尚更(なおさら)だろう。

「どのぐらいだ？」

『約一時間である。それまでに、ドミニクを滅ぼした者を見つけなければ、アノス、お前に疑いがかけられるのは避けられまい』

ただでさえフォールフォーラル滅亡について、容疑者扱いをされている状況だ。ドミニクの殺害現場にいたとなれば、疑いは更に増すだろう。

ミリティア世界には聖上六学院の監視者がすでに立ち入っている。強硬な調査を行い、民に危害を加えるならば、シンたちも黙ってはいない。

下手を打てば、パブロヘタラとミリティアの戦争になるな。

だが――

「懐胎の鳳凰が先だ」

『……ドミニクが滅せられた今、授肉させる手段はないのである……少なくとも一時間では、《渇望の災淵》のどこにいるのかさえ突き止めることは難しい……』

幻獣は実体を持たぬ不定形の生物。

探し出すのは確かに困難だろうな。

「ドミニクが懐胎の鳳凰を研究していたなら、その成果はこの塔のどこかに残っているはずだ」

『ナーガなら多少は知っていよう。打ち明ければ、あるいは協力してもらえるかもしれないが……？』

ドミニクが滅びたと知れば、彼女が俺をイーヴェゼイノから追い出す理由はなくなる。

だが、本当にそうか？

「これがナーガの計略でないとは限らぬ」

『……なんのためにであるか？』

「さてな。だが、少なくともナーガにはドミニクを滅ぼす理由があった。そのついでに、俺をハメようと考えても不思議はない」

ナーガに事情を打ち明ければ、俺が銀水序列戦を抜け出した言質を与えることになる。容疑をかけるにはそれだけで十分だ。

俺をハメる理由はわからぬが、そもそも彼女のことをよく知らぬ。あるいはコーストリアが独断でこれを実行したか？　それならば、ナーガが二律僭主を放置しているこの状況にも納得はいく。逆恨みに狂ったあの女ならば、ありえぬ話でもない。

しかし、今度はそれが可能なのかという疑問が湧く。

『考えている時間もないのである。一時間が経たずとも、銀水序列戦の決着がついてしまえば、私たちが抜け出したことが知れるであろう。二律僭主のこともある。奴に対抗するためにレブラハルドも来る』

「ふむ。それでいくか」

『……は？』

パリントンから疑問の声が響く。

「ナーガかコーストリア、ボボンガ。この内の誰か、あるいは全員が俺をハメようと企んだのであれば、この状況は承知しているはずだ。犯人の立場からすれば、もう銀水序列戦は負けてもよい」

その方が早く決着がつき、俺を追い詰めることができる。勝たなくていいのだから、手の内を曝す必要もない。

「こちらから打って出れば、ボロを出すやもしれぬ」

『……手を抜いた者が犯人だと？』

「その可能性は高い」

本来、ナーガたちは決して負けられぬはずだ。もしも手を抜くようなら、そいつは負けていいことを知っている。

『理屈はわかるが、賭けであるぞ？　確実な手段ではない上、奴らはボロを出さぬかもしれない』

「なに、そういうのを見抜くのが得意な奴がいてな。どんな者だろうと、負けていいと思えば心の隙は必ずできる。それを決して見逃しはせぬ。決してな」

押し黙り、パリントンは数秒言葉を発しなかった。

『……では、見抜けるとしよう。だとしても、三人の内、誰も犯人でなければ、窮地に立たされるのは我々の方である』

「ナーガが敵でないとわかれば、懐胎の鳳凰のことを尋ねられる。お前も母さんを助けるのが優先だろう？」

『無論である』

俺は蒼白き《森羅万掌》の手で、工房にある棚という棚を開く。

見つけた書物をすべてを取り出した。幻獣のことが記された文献だ。数千冊はある。宙に浮かせたまま、それらを開き、高速でページをめくりながら魔眼を凝らした。探すのは懐胎の鳳凰の記述だ。

「どのみちリスクを負わねば始まらぬ。腹をくれ」

言いながら、《思念平行憑依》にて、魔王列車にいる俺の人形を動かした——

§31. 【疑惑】

邪火山ゲルドヘイヴ上空——

ナーガ・アーツェノンの《幻獣共鳴邪火山隕石》により、火山岩石が豪雨の如く降り注いでいた。

その黒緑の隕石を足場にし、ボボンガとレイが、黒き右腕と白き聖剣にて鬩ぎ合う。

空を飛ぶコーストリアが日傘を回転させ、次々と《災淵黒獄反撥魔弾》を放つも、その魔弾は数度反射する頃にはバルツァロンドの矢に撃ち落とされている。

魔王学院が完全に守勢に回っているため、幻獣機関も攻め手を欠く。当初の狙い通り、戦局は膠着状態に陥り、ただ時間だけが過ぎていた。

ナーガたちは、まだ本気には見えぬ。切り札の一つや二つは持っているだろうが、それを使おうともしない。

負けるつもりがないのなら、俺が魔王列車に控えていると思っているからだろう。同じアーツェノンの滅びの獅子だ。迂闊に手の内を曝せば、命取りになりかねぬ。

『アノス・ヴォルディゴード。いつまで隠れてるの？　早く出てこないと、その列車が君の棺桶になる』

魔弾を放ちながら、コーストリアは《思念通信》で苛立ちをぶつけてくる。

『臆病者』

「ずいぶん安い挑発だな」

《思念平行憑依》で動く魔法人形が《思念通信》を返せば、彼女はムッとした表情を見せた。

「煽りが足りぬぞ、コーストリア。その言い草では、そこらの酔いどれすら戦意が湧くまい」

『口喧嘩で偉そうにっ。死んじゃえ、ばーかっ！』

癇に障ったか、激情とともにコーストリアの魔力が増大する。

これまでで最大の魔弾。日傘にぶら下げた一六発の《災淵黒獄反撥魔弾》を、コーストリアは魔王列車めがけて撃ち放った。

火山岩石を高速で乱反射しながら迫る黒緑の魔弾が、ほんの一瞬、直線上に重なる。その瞬間が見えていたとばかりに、一本の赤き矢が一六発の魔弾すべてを射貫き、消滅させた。

五聖爵が一人、伯爵のバルツァロンド。剣の腕はさほどではなかったが、弓は目を見張るものがある。

なにより、矢に込められた魔力は聖剣を使っていたときとは比べものにならぬ。解せぬのは、なぜ平素は剣を使うのかということだ。

俺とレイのときは侮っていたにせよ、二律僭主にさえ、バルツァロンドは聖剣で挑もうとした。弓は聖剣世界の秩序に反すると言っていたが、あの状況でさえ見せられぬとなれば、余程のことだろう。

まさかとは思うが――

「狩人の矢からは逃れられはしない。感情に支配された獣は、狩られる宿命だ」

バルツァロンドは呟く。

正体を見せるわけにはいかぬため、完全に独り言だ。ただの馬鹿である可能性は――拭えぬ。

『ねえ、我らが兄妹』

ナーガの《思念通信》だ。

彼女は災亀の背に乗り、魔王列車を牽制するように睨みを利かせている。

『あなたは本当にその列車に乗っているのかしらね？』

「ふむ。妙なことを言う」

『研究塔から、侵入者がいるという報告を受けたの。あなたの目的はドミニク。これって偶然かしらね？』

ドミニクの死を知っている風ではないな。侵入者がいるのには気がついたが、その正体は定かではないといったところか。

演技でなければな。

「わからぬな。アイオネイリアは水たまりに沈んでいった。十中八九、二律僭主だろうに。そう思った理由はなんだ？」

ドミニクを滅ぼしたのはナーガか否(いな)か、探りを入れるように俺は問う。

『女の勘よ』

「それはそれは。さぞ当たるのだろうな」

そう言ってやるが、奴(やつ)は動じた素振りも見せない。

『もう一つ言ってもいいかしら？』

「構わぬ」

『あなたが二律僭主(にりつせんしゅ)って可能性はないかしらね？』

くはは、と俺はそれを笑い飛ばす。

「あると言ったらどうする？」

『そうね。それなら——』

瞬間、横から六発の《災淵黒獄反撥魔弾(レイル・フリーエル)》がナーガを襲った。彼女は魔法障壁を張ったが、それがみるみる破壊されていく。

『……ちょっと、コーストリア？』

『ナーガ姉様の妄想は沢山』

苛立(いらだ)ったようにコーストリアが言う。

『ぶちのめせばわかる。本気でやって』

最後の魔法障壁さえもぶち破り、《災淵黒獄反撥魔弾(レイル・フリーエル)》がナーガに直撃する——

『本当にもう』

ナーガの義足から黒き粒子が溢(あふ)れ出(で)て、それが《災淵黒獄反撥魔弾(レイル・フリーエル)》の壁となっていた。

『聞き分けのない子ね』

極限まで押し潰された六発の魔弾が、ナーガの魔力を吸収し、勢いよく跳ね返った。

狙いはボボンガと交戦中のレイだ。

魔弾が迫った瞬間、エヴァンスマナがボボンガの脇腹を抉(えぐ)る。あえて貫かせたとばかりに、奴(やつ)はその漆黒の右手で聖剣をわしづかみにした。

「馬鹿めっ……！」

背後から迫る魔弾に、しかしレイは振り向きもしない。

押さえられた聖剣を渾身(こんしん)の力で押し出し、ボボンガの根源を貫く。

「ごぉっ……ぬ、ぅ……!!」

魔王列車は素早く高度を下げており、バルツァロンドが下方から六発の魔弾を容易(たやす)く射貫(いぬ)いた。反対に上昇していた災亀ゼーヴァドローンが、ナーガの義足から発せられる黒き粒子に包まれる。

「《幻獣共鳴災滅隕亀(ボルク・アーゼーヴァ)》」

黒緑の光を纏(まと)い、巨大な災亀が魔王列車めがけて落下していく。素早くエールドメードが指示を出した。

「車輪を第五歯車へ連結。全速前進」

「了解っ！　第五歯車へ連結、全速前進っ！」

魔王列車が加速しようとしたその瞬間、車体ががくんと揺れ、一気に減速した。

「どうしたんだっ？」

結界室にて、エレオノールが衝撃を堪(こら)える。

ゼシアが窓を指した。

「……外……蜘蛛(くも)の巣……です……」

透明な糸だった。

魔王列車を巨大な蜘蛛(くも)の巣が覆い、絡(から)みついている。それが速度を殺しているのだ。

「妬み蜘蛛(ぐも)ガーベラだ。この蜘蛛(くも)の糸に絡(から)みつかれれば、速さを奪われるっ！」

バルツァロンドが声を上げる。

「カカカ、足を引っぱる妬み蜘蛛(ぐも)か。面白いではないか！」

「笑ってる場合じゃないんだけどっ……!?　あれっ！　落ちてくるわっ……！」

サーシャが声を上げ、魔王列車の上方に視線を凝らす。手足と顔を甲羅の中に引っこめた災亀が、こちらへ向かって落ちてくる。さながら、隕石(いんせき)そのものだ。

妬み蜘蛛(ぐも)の糸に絡(から)みつかれた魔王列車の速度では、どうあがいてもかわしきれぬ。

「外に出たまえ、破壊神。オマエの魔眼(め)と、《聖域白煙結界(テオボロス・イジエリア)》であの亀を受けとめる」

「そんなことしたら、《災禍相似入替(バシュッツ)》されちゃうぞっ？」

「カカカカ、やれるものなら、やってもらおうではないか！　さあさあ、来るぞっ！　準備はいいか？」

言いながら、エールドメードは《思念通信(リークス)》にて指示を送る。

議論している時間はないと、サーシャは素早く魔王列車の屋根に飛び出し、勢いよく落下してきた巨大な岩の亀を、《終滅の神眼》で睨(にら)みつけた。

「止まりなさいっ……!!」

災亀ゼーヴァドローンが、視線の黒陽(こくよう)に灼(や)かれ、減速させられる。

「《聖域白煙結界(テオボロス・イジエリア)》」

エレオノールの声とともに魔王列車の煙突から、白煙が勢いよく噴出し、頭上を覆う結界を構築した。

そのとき、待っていたとばかりに、日傘の少女が嗜虐(しぎゃく)的に笑う。

「死んじゃえ、《相似属性災爆炎弾(ゲストラ・エイズム)》」

コーストリアが手の平に、魔弾を構築する。それは《聖域白煙結界(テオボロス・イジエリア)》と相似の属性、聖なる魔力を発している。指定した魔法に属性を似せる魔弾だ。間髪入れず、コーストリアは次の魔法を使った。

「《災禍相似入替(バシュッツ)》」

途端に、結界が入れ替えられ、《相似属性災爆炎弾(ゲストラ・エイズム)》が災亀と魔王列車の間に出現する。

「え…………?」

驚きの声を発したのはコーストリア。入れ替えたはずの白煙の結界が、いつの間にか姿を変え、光の砲弾と化している。

エレオノールの《聖域熾光砲(テオ・トライアス)》である。

「いやいや、オレのような泡沫(ほうまつ)世界の魔族が、深層世界の《変幻自在(カエラル)》を身につけられるものかと冷や冷やしたが――」

機関室にて、エールドメードがニヤリと笑う。

煙突から《聖域熾光砲》を撃ち出させ、それを《変幻自在》にて結界に見せかけていたのだ。

「なんとっ！　粉塵世界の魔法は、相性がいいではないかっ!!」

《聖域熾光砲》がコーストリアの前に、《相似属性災爆炎弾》が魔王列車の前にある。

その二つが同時に爆発した。

「《聖域白煙結界》」

改めてエレオノールは白煙の結界を張る。

コーストリアは光の爆発に巻き込まれ、《災禍相似入替》を使う余裕はない。結界に遮られた魔弾の爆発は、主に災亀に浴びせられ、更にその速度が落ちた。

なおも止まらない巨体は、《聖域白煙結界》に衝突して、バチバチと火花を散らす。

そのまま魔王列車は結界ごと押されていく。いや、威力を削ぐために、あえて下がっているのだ。

列車は邪火山の山肌に着地し、車輪をめり込ませた。もう後はない。災亀の甲羅が、いよいよ結界を破ろうとしている。

「こ、のぉおっ……！　止まりなさいよぉおっ……!!」

サーシャの瞳の奥で《破滅の太陽》が燃え盛り、目映いばかりの黒陽を照射した。灼かれた災亀の甲羅にヒビが入り始め、落下の勢いが完全に止まった。

直後、ボボンガがレイの目の前でがっくりと崩れ落ちる。彼はすかさず、爆発で怯んだコーストリアへ向かって飛んだ。

「調子に乗らないで」

「……ふっ……!!」

突き出された日傘を両断し、レイは更に間合いを詰める。彼女が描いた魔法陣ごと、霊神人剣はそのまぶたを斬り裂いた。

「あああああぁぁぁぁあっっっ……!!」

鮮血が溢（あふ）れ、コーストリアが悲鳴を上げる。

「犬ぅっ！」

魔王列車から射出されたカボチャの犬車の御者台に、機関室から飛び出したエールドメードが乗った。

「どうだ？　そろそろ、俺が出ていかぬ理由がわかったか、ナーガ」

《思念通信（リークス）》にて、彼女へ言う。空に弧を描いたカボチャの犬車は、ナーガの頭上を取った。

「その程度の力では、俺の配下にも及ばぬ」

§32.【相似の魔眼】

《聖域白煙結界（テオボロス・イジエリア）》と《終滅の神眼》にて、災亀ゼーヴァドローンの勢いは完全に殺した。

ナーガはエールドメードが睨（にら）みを利（き）かせている。

このまま、黒陽で灼（や）き続ければ、いかに深層世界の船といえども、穴が空くだろう。

だが――

「……なにあれ？」

サーシャの魔眼が捉えたのは、数千個の卵だ。それがいつの間にか、こちらの結界の内側に産み付けられている。

「どうやって、結界の中に……？」

サーシャの疑問に、すぐさまバルツァロンドが答えた。

「奴ら幻獣は、授肉しない限り実体がないっ。通常の結界では防げないのだ！」

災亀から産まれた後、卵が完全に実体化するまでは結界をすり抜けられるのだろう。

「孵る前に滅ぼすのだっ！　産まれたばかりの災亀は栄養を欲し、魔力を食らうっ……！」

災亀を黒陽で抑えながらも、サーシャは同時に《終滅の神眼》を卵へ向ける。みるみる孵化し、小さな亀が這いずり出てきていた。

うじゃうじゃと生まれる子亀たちは、《聖域白煙結界》を食べ始めた。

「させないわよっ。死になさいっ!!」

《終滅の神眼》が、子亀を灼く。

だが、ゼーヴァドローンを隕石と化す魔法は持続中だ。威力を失っていない災亀はサーシャの神眼が弱まれば拮抗を破り、結界を貫くだろう。

破壊神アベルニユーの権能といえど、その両方をカバーすることはできず、次から次へと子亀が孵っては、結界に食らいついてくる。

やがて、そこに人一人が入れそうなぐらいの小さな穴が空いた。

「続けっ！　奴らの火露は、あの三つの車両にあるっ……!!」

災亀の甲羅から、幻獣機関の幻魔族たちが続々と飛び出し、結界内部へ入ってくる。

それを見越していたとばかりに、歯車の砲塔が照準を向けた。ファンユニオンの声が響く。

「砲撃準備よーしっ！」

「「《古木斬轢車輪（ボロス・ヘテウス）》ッッッ！！！」」

古びた車輪がまっすぐ幻魔族に直撃する。

「「がほぉぉぉぉあぁぁっ……！」」

「紅血魔槍（こうけつまそう）、秘奥（ひおう）が壱――」

間髪を入れず、紅（あか）き刺突が煌（きら）めいた。

「――《次元衝（じげんしょう）》！」

ディヒッドアテムに貫かれ、幻魔族たちは時空の彼方（かなた）へ飛ばされていく。魔王列車の屋根に跳び乗り、イージェスはサーシャと肩を並べる。

「雑魚（ざこ）は任せ、そなたは災亀に集中することよ」

「わかったわ」

隻眼を光らせ、イージェスは結界の内側へ入ってくる幻魔族を片っ端から、魔槍で貫いていく。深層世界の住人とはいえ、さすがに入る場所が限定されていては、歯車砲とイージェスの魔槍からは逃げ切れぬ。

「……ゼシアの出番……です……」

ゼシアが結界室から飛び出し、聖剣エンハーレを抜く。

「ママの結界……食べ物じゃ……ないです……」

《複製魔法鏡》にて無数に増えた光の剣が、宙に浮く。ゼシアは結界の内側に産み付けられた卵を次々と斬り裂き始めた。

「ゼシアッ！　斬り漏らしてるぞっ。こっちこっち、魔王列車が囓られてるからっ！」

エレオノールの声が飛んだ。

いつの間にか、子亀が魔王列車に接近しており、火露が入っている貨物室の装甲を食べていた。

「おりゃあぁっ……！」

「どっせいぃっ……!!」

そうはさせまいと外へ出た魔王学院の生徒たちが、渾身の力で魔剣を振り下ろす。だが、生まれたての災亀でも甲羅は頑強で、逆に彼らの剣が折れた。

「マジかよ……！」

「がぁあっ……く、こ、このぉっ……離れろっ……！」

生徒の足に子亀が食いついていた。

折れた魔剣をどれだけ叩きつけても、災亀は離れようとしない。

「ゼシアに……お任せ……です……」

「……すまんっ……！」

「ゼシアちゃん、お願いっ……！」

魔王学院の生徒たちから、《聖域》の光がゼシアに集う。

「魔族食べる……だめです……」

《聖域（アスク）》を纏（まと）った光の聖剣を、ゼシアが子亀に叩（たた）きつける。子亀は甲羅の中に手足と頭を引っこめるが、その内部に光は入り込み、焼き滅ぼした。

残ったのは子亀の甲羅だけだ。ゼシアはふと気がついたように子亀の甲羅を手にする。それに《聖域（アスク）》を纏（まと）わせ、魔王列車を齧（かじ）っていた子亀を思いきり叩（たた）く。

今度は甲羅ごと、見事に粉砕された。

「強い……です……」

甲羅は頑丈だが、同じ甲羅ならば砕ける。ゼシアはエンハーレで子亀を倒しては、その甲羅を拾い、投げつけていった。

『レイ君っ。そっちの女の子を先に倒してくれるかな？　今、結界を入れ替えられたら、みんな潰されちゃうぞっ』

エレオノールが《思念通信（リークス）》を飛ばす。

「とりあえず、《災禍相似入替（バシユッツ）》はさせないようにするけど」

霊神人剣を構え、レイはコーストリアを睨（にら）む。すぐに追撃しなかったのは、エヴァンスマナの力を抑えきれなかったからだ。

神々（こうごう）しいまでの光に曝（さら）され、彼の根源が一つ潰されていた。

『時間稼ぎは終わりだ。少々探りたいことがある。全力で仕掛けよ』

俺はレイとサーシャ、エールドメードに《思念通信（リークス）》を送り、やるべきことを説明した。

「倒せるかどうかは、コーストリア次第かな？」

笑みをたたえ、レイはエヴァンスマナに意識を集中した。途端に荒れ狂う純白の光は、使い手さえも蝕むほどの魔力を溢れさせる。

それを束ね、剣身に留めるように凝縮し、レイは飛んだ。

「……はぁっ……!!」

振り下ろされたエヴァンスマナを、コーストリアは赤い刃物で受けとめた。

アーツェノンの爪だ。霊神人剣の魔力に呼応するが如く、その爪から赤黒い魔力の粒子が溢れ出す。

「……許……さない……」

コーストリアの剣の技量は並みだ。

レイは素早くアーツェノンの爪を打ち払い、そのままエヴァンスマナを突き出す。彼女は素早く後退した。逃がすまいとレイが追う。赤黒い魔力が瞬く間に日傘の形状へ変わったかと思えば、ばっと傘が開き、魔法陣が描かれる。

赤黒い傘はエヴァンスマナを阻み、魔力の火花が散った。魔法障壁だ。

「獅子傘爪ヴェガルヴ――やっちゃえ」

日傘と獅子の爪が一体化した武器――傘爪が回転し、エヴァンスマナを弾く。

そのままの勢いでコーストリアはヴェガルヴを突き出した。先端の刃から素早く身をかわしたレイは、しかし傘の露先についた爪に斬り裂かれ、鮮血を散らす。

落下する火山岩石に着地すれば、コーストリアが睨みつけてきた。彼女が開いた義眼は、その魔力により漆黒に染まっている。

「逃げないで。大人しく死んでっ！」

レイの右隣から、突如黒緑の災炎、《災炎業火灼熱砲(ジオル・ベズグム)》が出現した。咄嗟(とっさ)に飛び退(との)いた彼は、目の前になにかが浮かんでいるのを見た。

漆黒の眼球である。魔眼(めだ)けが、宙に浮かんでいるのだ。その瞳に魔法陣が描かれ、《災炎業火灼熱砲(ジオル・ベズグム)》が放たれた。

「ふっ……!!」

霊神人剣でその炎を両断した直後、レイは背後に殺気を覚える。

三方向から黒緑の災炎が彼を襲う。さすがにかわしきることができず、その体が炎に包まれた。

「……はっ……!!」

レイは視線を険しくする。漆黒の眼球に取り囲まれていた。ふわふわと浮遊するその魔眼(め)の数は、合計で八つ。

「それが、君の、滅びの獅子(しし)の魔眼(め)かい？」

「うるさい、うるさい、うるさいっ！」

狂気に満ちた己の魔眼(め)で、コーストリアはレイを睨(ね)めつける。

その顔は理性を失った獣のそれだ。

「コーストリアッ！　落ち着きなさいっ。それ以上は……」

ナーガの声が飛ぶ。

だが、彼女はまるで聞いていていない。

「よくも……よくも……！　私を……！　死んじゃえ、死んじゃえ――」

獅子傘爪が回転する。撒き散らした魔力の余波だけで、周囲の火山岩石が一斉に砕け散った。

「死んじゃえぇぇぇぇぇぇっ……!!」

コーストリアはその傘爪をレイに向かって投擲した。

彼はそれを、真っ向から迎え撃つ。

「霊神人剣、秘奥が壱――」

赤黒き渦を巻く獅子傘爪を、純白の剣閃が斬りつける。

「――《天牙刃断》っっっ！！！」

甲高い音が鳴り響き、弾き返されたヴェガルヴを、飛行するコーストリアが手にした。

霊神人剣に蝕まれ根源が一つ減ったレイに対して、傘爪には大した損傷は与えられていない。

ジジジジッと下方から、魔力が弾け飛ぶ音が聞こえた。災亀が《聖域白煙結界》を破ろうとしている。《終滅の神眼》が忽然と消えたのだ。

「いい気味。君の仲間はみんな潰される。あいつも一緒に。早く潰れろっ。潰れちゃえっ！」

「あと三分だけどね」

レイは微笑みを崩さない。

コーストリアが癇に障ったような魔眼で睨みつける。

「なにが？」

「災亀が破壊されて、君が負けるまでだよ」

「あ、そ」

冷たい声で、コーストリアが言う。

「霊神人剣を使いこなせてもないのに、偉そうに。その聖剣、壊れちゃえっっっ！！！」

浮遊する漆黒の眼球から、《災炎業火灼熱砲》が放たれる。レイはそれを斬り裂きながら、宙に浮かぶ魔眼めがけて飛び込んだ。

「はぁっ……!!」

黒き瞳を、霊神人剣が斬り裂く。だが、魔力が霧散したかと思えば、また集まり、再びそれは眼球を象った。

「燃えちゃえ」

レイの体が災炎に包まれる。

顔をしかめながら、彼は霊神人剣を根源でつかむ。

「――《天牙刃断》っ！」

無数の白刃が浮遊していた眼球を斬り裂き、その宿命を断つ。すると、コーストリア本体の魔眼から血がこぼれ、彼女はそれを手で拭った。

「うざい奴っ……」

「君たちは完全に授肉していないんだったかな。その魔眼は実体がないから斬っても魔力が散るだけだけど、霊神人剣の秘奥なら少しは効くみたいだね。さっきはすぐに元通りになったのに、《天牙刃断》で斬った魔眼はまだ回復しない」

「だから、なに？　秘奥を使う度に、君の根源は潰れてる。最初は七つあったけど、今はもう四つ。私の魔眼は七つ。この両目も入れれば九つ。算数もできない？」

　すると、レイは指を三本立てた。

「いいのかい？　喋ってる間に、三分経つよ？」

「こっちの台詞。死んじゃえっ!!」

　浮遊する一つの魔眼に魔法陣が描かれたかと思うと、レイの周囲を取り囲むように魔法城壁が構築されていた。

　銀城世界バランディアスの魔法、《堅牢結界城壁》だ。残りの六つの魔眼と、コーストリアの傘爪から《災淵黒獄反撥魔弾》が放たれた。

　その魔弾は城壁を乱反射し、加速していく。だが、レイは迷わず前へ進んだ。黒緑の魔弾が彼に襲いかかる。

「当たらないよ。目をつぶっていてもね」

「なかなか、わかっているな。このバルツァロンドを」

　魔王列車から放たれたバルツァロンドの矢が、レイに直撃しようとする魔弾だけを見事に撃ち抜く。

　浮遊する魔眼を間合いに捉え、レイは《天牙刃断》で斬り裂いた。瞬間、身を翻す。

「霊神人剣、秘奥が弐――」

　レイの目の前には、残り六つの魔眼が浮遊している。

　それぞれ十分な距離を取っているように配置されているが、僅かに甘い。

　いずれも彼の剣の間合いだ。火山岩石を蹴り、レイの体が神々しい光に包まれる。

　一条の剣閃と化した彼は、目の前の魔眼すべてを貫いていった。

「ばーか」

コーストリアが冷笑する。

その空域に魔法の粉が振りまかれたかと思えば、彼女のそばに浮遊する六つの魔眼が現れた。

「さっきのお返し」

《変幻自在》だ。彼女のそばに漂う瞳の奥に、その術式が描かれている。

「おあいにくさま」

コーストリアは顔をしかめる。

どこからともなく響いたのは、サーシャの声だった。

「レイの狙いは魔眼じゃないわ」

気がついたようにコーストリアは、レイの行く先を魔眼で追った。

そこには、魔王列車に迫る災亀がある。一条の剣閃と化した彼が、更に神々しい光に包まれる。ここからが本領。霊神人剣、秘奥が弐――

「――《断空絶刺》っっっ！！！」

流星のような瞬きとともに、エヴァンマナの一突きはヒビの入った災亀の甲羅をぶち抜いた。

一瞬、それに気を取られたコーストリアは、頭上から迫る魔族の存在に気がつくのが遅れる。

はっとしたように見上げれば、そこにサーシャが迫っていた。

瞳に浮かんでいるのは、《理滅の魔眼》。三分が経過し、彼女の目の前に理滅剣ヴェヌズドノアが現れていた。

「アノスじゃないからって、使えないと思ったかしら？」

サーシャは闇色の長剣の柄を握り、振り下ろす。

コーストリアはそれを見ていた。

洗礼のときと同じように、その義眼に滅びの獅子（しし）の魔力がちらつく。

すると、浮遊する瞳に理滅剣が映し出される。

「おいで、ヴェヌズドノア」

本体の瞳に映る理滅剣が具象化されるように、浮遊する魔眼（め）からぬっと柄が出てきた。

コーストリアはそれを握り、サーシャが振り下ろした理滅剣を受けとめる。

理滅剣の力が、理滅剣の力を殺し、理は拮抗（きっこう）を保った。

「やっぱり。アノスの睨（にら）んだ通りだわ」

「なにがっ！」

サーシャとコーストリアの間で闇と闇が鬩（せめ）ぎ合い、黒き粒子が散乱した。

§33. 【臭い】

ビキ、ビギギギギ、と破砕音が響く。

エヴァンスマナでぶち抜かれた災亀ゼーヴァドローンがゆっくりと真っ二つに割れ、半円状の《聖域白煙結界（テオボロス・イジェリア）》を滑り落ちた。

砂埃（すなぼこり）を立てながら、半分になった甲羅が二つ、山肌にめり込めば、青々とした蛍のような火が割れた甲羅から溢れ出す。イーヴェゼイノの火露だ。

「チャンスッ。もらっちゃうよぉっ！」

「《吸収引力歯車》発射！」

魔王列車の砲塔から鎖つきの歯車が発射される。

それは磁石のように火露の光を引きつけ、瞬く間に車両内に回収した。

「お・ど・ろ・き・ではないかっ!!」

犬車の御者台に立ち乗りし、エールドメードがナーガを見下ろす。

災亀を破壊された彼女は、車椅子で宙に浮かんでいた。

「まさか獅子の両眼が、あのヴェヌズドノアを使えるとはっ!?　いやいや、この獅死王には思いつきもしなかった。さすがは魔王、名推理ではないかっ！」

嘯くように大げさに獅死王は言い、これみよがしな笑みをナーガに見せる。

それに対して、彼女は上品な笑顔で応じた。

「アノスが出てくるまで手の内を曝したくはなかったのだけれど、コーストリアは困った子なのね」

「手の内を曝したくない？　なるほど、手の内を曝したくないか。カカカカ、それはそうだろうな」

エールドメードを乗せたカボチャの犬車は、ナーガの頭上を大きく旋回している。

「獅子の両眼は、その力の一端をすでに深層講堂での洗礼で見せている。《極獄界滅灰燼魔砲》、なぜ魔王の構築した魔法陣を使わず、自ら魔法陣を描いたのか？　力を誇示するためとも思ったが、正解はアレだぁ」

エールドメードは、サーシャと理滅剣の鍔迫り合い(つばぜりあ)を行っているコーストリアを杖(つえ)で指す。

開いた義眼が漆黒に染まり、そこから理滅剣の魔力がこぼれ落ちていた。

「滅びの獅子(しし)の魔眼(め)は、その魔眼(め)に映った他者の魔法を複製し、発動する。自らの力と技術が及ばない魔法でさえも。洗礼で魔王が用意した魔法陣を使わなかった理由がそれだ」

コーストリアは正攻法では《極獄界滅灰燼魔砲(エギル・グローネ・アングドロア)》を魔法行使することができなかった。

ゆえに、魔法を複製する魔眼(め)の力に頼った。

「あの魔眼(め)は、一度の複製につき、一回きりしか魔法を発動できないのではないかね？　再び発動するには、もう一度同じ魔法をその魔眼(め)で見なければならない」

「それはどうかしらね？」

「二回以上使えるなら、霊神人剣の勇者に至近距離で魔法を食らわせたつい先ほど、《災炎業火灼熱砲(ジオル・ベズグム)》ではなく、《極獄界滅灰燼魔砲(エギル・グローネ・アングドロア)》を使ったはずではないか」

出し惜しみする理由は、コーストリアにはなかったはずだ。

「だが、そう考えるともう一つ疑問が生まれる」

「お話が見えないわね」

「なるほどなるほど。そういえば、オマエはあのとき深層講堂にいなかったな。知らないのは無理もない。本当に知らんかはわからんがね」

人を食ったような笑みを向け、エールドメードは言った。

「獅子(しし)の両眼は、洗礼で理滅剣を見ている。だが、彼女は負けた。なぜかね？　あのルールならば、魔法を複製できるコーストリア・アーツェノンに、敗北などあり得ないではないか」

洗礼でのコーストリアの敗北が、一度の複製につき、一回しか魔法を発動できないという推測のもう一つの裏付けだ。

彼女は、あのとき、理滅剣を複製しておきながら、あえて使わなかった。

「つまり、敗北と引き換えに《理滅剣》の複製ストックを手に入れたのだ。どこかでなにかの役に立つかもしれない、と計算高い女に指示されたのかもしれんなぁ」

コンッとエールドメードは御者台で杖をつく。

「今手にしているアレは破壊神が使った《理滅剣》の複製。獅子の両眼はもう一つ、《理滅剣》のストックを残している。あるいは、すでにどこかで使った」

コツン、と再びエールドメードは御者台を叩く。

「おやおやぁ？　そういえば、災禍の淵姫が襲われたとき、《理滅剣》を使ってきた輩がいたのではなかったか？　ん？」

「……コーストリアの仕業だったって言いたいの？」

「ありえない。ありえないはずだ。そう主張したいのはわかる。オマエには心当たりがなく、ドミニクの仕業だと予想した。研究に没頭し、イーヴェゼイノを出ることすらない、その男の仕業だと」

愉快そうにエールドメードが笑う。

「勿論、信じているとも！　獅子の両脚、オマエは嘘をついていないことを《契約》によって示したのだからな」

エールドメードの出方が読めぬためか、ナーガは警戒するように彼を注視している。

そうしながらも、恐らくは、災亀の中にいる幻魔族と《思念通信》でやりとりし、立て直しを図っているのだろう。

奴らの火露は甲羅の中だ。それが真っ二つに割れた今、守りは手薄。火山周辺では魔王学院が優勢だ。

根源を半分以上消費したレイは回復するまで動きが取りづらいが、イージェスやエレオノール、ゼシアたちが総力を挙げれば、火露をすべて奪取することもできよう。そうなれば、この序列戦はイーヴェゼイノの敗北だ。

「なにより、この燼死王、ミリティア世界では仁義に厚い正直者で通っている。他人様を疑うことなど、とてもではないが、いやいやできない。しかし、だ！　しかし、どうにも一つだけ、確かめたいことがある」

「なにかしらね？」

「車椅子とカボチャの犬車。どちらの車が強いか知っているかね？」

煙に巻くような燼死王の台詞に、しかし虚を衝かれた素振りもなくナーガは即答した。

「あなたの犬車と比べるなら、車椅子ね」

「根拠を聞こうではないか」

ナーガはすっと指先で、キャビンを引く犬、緋碑王ギリシリスを指す。

「そのワンちゃんね」

「なんと！　我がミリティアにおいて、並ぶものなしと謳われた究極の単細胞生物、名犬ギリッシーに目をつけるとはお目が高いっ！」

　ナーガの車椅子、その背もたれの横に、砲門の如く四つの魔法陣が描かれる。

《災炎業火灼熱砲》が、次々とカボチャの犬車に連射された。ギリシリスは遠吠えを上げながら、全力で《飛行》を使い、空を駆ける。

　だが、ナーガの魔法砲撃は速い。《災炎業火灼熱砲》の掃射はみるみるカボチャの犬車を追い詰め、黒緑の炎球が熾死王の脇をかすめていく。

「名犬？　駄犬でしょ？」

《災炎業火灼熱砲》がジェル状の犬に直撃する。黒緑に炎上するギリシリスは、回復に手一杯となり《飛行》が止まった。

　追撃とばかりに、再び《災炎業火灼熱砲》が連射された。

　瞬間、キャビンについた木造の車輪が高速回転する。エクエスの一部だ。勢いよく魔力が噴出され、先程より数段速い速度でカボチャの犬車は炎球を回避していく。

「カカカカ、ご明察ではないかっ！　犬は飾りだ。引かせるよりキャビンの力を使った方が遥かに速いっ！　だが、名犬ギリッシーの名犬たる所以は、荷を引くことではない。コイツの恐ろしいところはな。どんな格上の相手にも、必ず噛みつくことができるその特異な性質だ！」

　犬車からギリシリスを切り離し、エールドメードは魔法陣を描く。

「オマエたちアーツェノンの滅びの獅子の中で、最も完全体に近いとされるアノス・ヴォルデイゴードを相手にしてさえ、その犬は見事に噛みついたぞ？」

　ナーガの前に現れたのは、《契約》の魔法陣だ。

今熾死王が発言した内容に嘘偽りないことが示されている。

「嘘だと思うなら調印してみたまえ」

《根源再生》で復活したギリシリスは、獰猛な唸り声を上げながら、ナーガに迫った。エールドメードは先程同様に、彼女の頭上を旋回し続けている。

ナーガはその魔眼を《契約》の魔法陣に向けた。罠でなければそんな魔法を使う理由がないが、しかし術式に怪しいところはなにもない。

すぐさま、彼女は調印した。熾死王が契約に背いているということはなく、つまり今彼が口にしたことは事実だ。

「さあさあさあ！　迎え撃たねば、噛みつくぞっ！」

ナーガは、車椅子の肘掛けについた魔法水晶に触れ、魔力を送る。

「この車椅子、ドミニクが幻獣から作ったのね。色んな幻獣の力が使えるのだけれど、たとえば、この槍」

背もたれの魔法陣から、ぬっと現れたのは投擲用の魔槍である。

「探求の渇望から生まれた真実の槍」

振りかぶり、彼女はそれをあさっての方向へ投げた。

「貫けば、隠蔽魔法を打ち破り、真実を白日のもとに曝す」

ガラスが割れるように、そこにあった空の風景が砕けていく。空間の裏側に現れたのはキラキラと輝く魔法の粉と魔法陣。粉塵世界の深層大魔法、《界化粧虚構現実》である。

無駄話をしていたわけではない。

エールドメードは空を旋回しながらその大魔法を構築していた。それを《変幻自在》で隠していたのだ。

「正直者の熾死王さん」

魔槍を投擲した隙に、ギリシリスが接近を果たし、ナーガの腕に噛みついていた。

しかし、彼女にはなんの痛痒も与えることはできない。

義足から黒き粒子が溢れたかと思うと、《根源戮殺》のつま先がジェル状の犬を貫いた。

「ぎゃぎゃん っ……!!」

「どんな格上の相手にも必ず噛みつくことができるって、食ってかかったり、文句を言ってきたりするって意味でしょ？」

人の好さそうな顔で、ナーガは言う。

「本当のことを言いながら、人を騙そうとするなんてとんだ詐欺師なのね」

「カカカカ、ずいぶんな言われようだが――ん？」

熾死王はなにかに気がついたように、眉をひそめる。

「なにか臭わないかね？」

カボチャの犬車の高度を下げながら、エールドメードは芝居がかった仕草で臭いを嗅いでいる。

「気のせいじゃないかしら」

「いやいや、臭う。臭うぞ臭う。これは、なんの臭いだったか？　汚物が垂れ流しになったドブ川か、それとも死体が山積みになった収容所か、いや待て。もっと身近な」

おもむろに熾死王は自らの腕を鼻の前に持ってきた。

「こ・れ・だぁ」

愉快そうにエールドメードが唇を吊り上げる。

「獅子の両脚。オマエの口から、嘘つきの臭いがプンプンするぞ」

白けた視線を送ってくるナーガに、熾死王は人を食ったような笑みを返す。

彼はくるくると杖を回転させ、その先端でナーガを指した。

「今からこの正直者の熾死王が、オマエのペテンを暴いてやろうではないか」

§34. 【嘘つきの天秤】

熾死王が杖の先にて、多重魔法陣を描く。

すると、周囲に振りまかれた魔法の粉がみるみるその空域に広がった。

「《界化粧虚構現実》」

辺りは化粧を施されたかの如く、がらりと姿を変えた。玩具とガラクタが積み上げられた、カラフルな空間だ。

その中央に一つ、ドクロがつけられた巨大な天秤が浮かんでいる。その天秤をざっと魔眼で見通すと、ナーガが言った。

「不思議なことをするのね」

「そう思うかね？」

「《界化粧虚構現実》は、タネを知られていたら、なんの効力も発揮しない。だからさっき、熾死王さんは《変幻自在》で隠してたんでしょ？」

　たとえば熾死王とナーガが、ここにいる者の合意により、領域内のルールが決定する。《界化粧虚構現実》は、その中に火は存在しないと思ったならば、どんな魔法を使おうと火をおこすことは不可能だ。しかし、一方がそう思わなければなんの効力も発揮しない。

　初見の相手にはかなり強力だが、そうでない場合は、《界化粧虚構現実》を使ったことに気づかせないことが肝要だ。

　領域内に入ったとわかっていれば、相手の言葉を信じないだけで対処はできる。

「アレは嘘つきの天秤だ」

　巨大な天秤を指し、エールドメードが言う。

「オレが嘘をつけば右側に、オマエが嘘をつけば左側に傾く。針が中央にある状態から三度同じ方向へ傾けば、嘘をついた方の魔力の半分が相手に移動する。どうかね？」

「どうって？」

「ハンデだ。オマエが嘘つきでないのなら、分の良い勝負ではないか」

　ナーガは人の好さそうな笑みを浮かべる。

「ハンデなんて嘘ばっかり。熾死王さんはあたしを疑ってるのね？」

「自らを正直者だと名乗る男をオマエはどう思う？　あー、いやいや、返事はいらんぞ。わかっている。胡散臭いこととこの上ない」

ナーガが言葉を挟む隙すらなく、エールドメードはまくし立てる。

「同じように《契約》で嘘偽りはないとわざわざ誓う女も、同じ臭いがするのではないか？　ん？」

「嘘じゃないのに？」

「信用できんね。所詮、魔法ではないか」

熾死王はふてぶてしい表情を覗かせた。

「心外ね。これでも嘘ついたことはないんだけど」

「カカカ、奇遇ではないか。オレもだ」

ガゴンッと重厚な音が響き、天秤の針が右側へ傾いた。先程熾死王が口にしたルールに、ナーガが合意した。《界化粧虚構現実》が、嘘つきの天秤を働かせたのだ。

「ほら、やっぱり。熾死王さんが嘘つきね」

ナーガは背もたれの魔法陣から、《災炎業火灼熱砲》を発射する。

「これで少しは信用してもらえた？」

連射される黒緑の炎球を、エールドメードは犬車の車輪を回転させ、宙を疾走しながら避けていく。

「オレの口車に乗ってくるとは、ますます怪しいではないかっ！　嘘をつかない自信があるなど、大嘘つきとしか言いようがないっ！」

熾死王が杖をくるりと回せば、まるで手品の如く、一〇本の神剣ロードユイエが中空に出現した。

爆炎を駆け抜けながら、奴はその神剣をナーガに向かって射出する。

「よいしょ」

ナーガは足に引っかけた犬、ギリシリスをふわりと浮かせ、それを盾にする。

「ソレは駄犬だ。盾にもならんぞ」

ロードユイエはあっさりとギリシリスを貫通し、ナーガの顔に迫る。彼女は座ったままの姿勢で、それを蹴り上げ、弾き飛ばした。

「名犬って言ってたのに、可哀相なワンちゃん」

そう言って、ナーガが背もたれの魔法陣から鎖鎌を取り出し、横たわるギリシリスに投擲する。

ジェル状の体を貫通し、鎌の刃が食い込んだ。

「庇護の渇望から生まれた聖なる鎖の盾。他者の根源から魔力を搾り取って所有者を守るの」

ギリシリスのジェル状の体が鎌に吸い込まれていく。すると、刃が盾に変化した。

「面白いではないか」

エールドメードが杖を向ければ、弾き返され、宙を舞っていたロードユイエがピタリと止まる。彼が杖を下へ振り下ろせば、剣先がくるりと回転し、再びナーガへ落下した。

「意外と普通よ」

頭上から強襲する一〇本のロードユイエに対して、ナーガは鎖をぐるぐると回した。先端の盾が光り輝き、渦状の魔法障壁が出現する。

そこにロードユイエが突っ込むと、バキバキと神剣が折られ、破片が地面に飛び散った。

「ほら、ね」

「いやいや、面白いのはその盾の力を律儀に説明しているオマエだ。嘘つきの天秤がある以上、嘘をつけないなら、沈黙した方が得ではないかね？」

シルクハットを手にして、熾死王はそれを飛ばす。くるくると回転する毎に、シルクハットは数を増やし、合計一三個になった。

「天父神の秩序に従い、熾死王エールドメードが命ずる。産まれたまえ、十の秩序、理を守護せし番神よ」

シルクハットから、紙吹雪とリボンのような光がキラキラと大量に降り注ぐ。

瞬く間に、それらは神体を形作った。

白い手袋と真っ白なフード付きのローブを纏った、顔なき番神エウゴ・ラ・ラヴィアズ。一〇名の番神が《時神の大鎌》を振り下ろせば、回転する鎖の盾がピタリと止まった。

時間が止められたのだ。

「あら、天父神の秩序？　半神なのね、あなた。どうりで少し魔族っぽくないと思ったわ」

魔法陣から、ナーガが取り出したのは懐中時計である。

「定刻の渇望。笑っちゃうけど、世の中には時間を守る脅迫観念に駆られてる人が沢山いるのね。この定刻の懐中時計は正しい時間を厳守させる」

そうナーガが口にすれば、止まったはずの鎖の盾がまた動き始めた。

時間停止が解除されたのだ。そのまま鎖の盾は勢いよくエウゴ・ラ・ラヴィアズたちを襲い、次々とその魔法障壁の渦に呑み込んでは、消滅させた。

くるくると《時神の大鎌》が一本、宙を舞う。

ナーガの鎖の盾が、今度は熾死王めがけまっすぐ飛んできたが、奴は《時神の大鎌》をつかみ、それを振り下ろした。

定刻の懐中時計の影響下にあるにもかかわらず、鎖の盾の時間は止まり、宙に静止した。

「《熾死王遊戯嘘秩序三竦》」

熾死王の周囲を飛んでいた残り三つのシルクハットから、光が落ち、三匹の動物が現れている。

狐、猫、狸である。

「真実は嘘に勝ち、嘘は無言に勝ち、無言は真実に勝つ。愛と優しさを掲げ、天父神の秩序をもちて、熾死王エールドメードが定める」

大げさな身振りをしながら、熾死王は謳う。

「神の遊戯は絶対だぁっ！」

「無言は真実に勝つ？　つまり、あたしが定刻の懐中時計について真実を口にしたから、無言だったあなたの大鎌が勝ったってこと？」

「カカカカ、察しがいいではないか。とはいえ、この三竦みはあくまで相性がよくなる程度だ。圧倒的な力の差があれば覆せない」

エールドメードの説明を裏づけるように、《時神の大鎌》に亀裂が入る。熾死王が退くと同時に大鎌は砕け散り、鎖の盾の時間が再び正常に動き始めた。

「そうなのね。でも、熾死王さんこそ、嘘は言えないんだから黙ってた方がいいんじゃない？」

真実は嘘に勝ち、嘘は無言に勝ち、無言は真実に勝つ。

《熾死王遊戯嘘秩序三竦》がその三竦みの相性を作り出しているが、嘘つきの天秤があるため、嘘を三度続ければ魔力が半減する。

熾死王はすでに一度嘘を判定されているため、残り二回だ。

「そう思うかね？」

「魔力を半分取られたら、相性なんてもう関係ないでしょ」

ニヤリと熾死王は笑い、杖を狐、猫、狸へ向ける。三匹の神は、すうっと杖の中に吸い込まれていった。

「《疑神暗器》」

仕込み杖のように、エールドメードが杖を抜き放てば、黄金に輝く剣身があらわになった。

「この仕込み杖は、《熾死王遊戯嘘秩序三竦》を使った際に、その特性とリスクを任意に定めることができる。リスクが大きければ大きいほど《疑神暗器》の威力は上がり、強い特性を持つ」

愉快そうにエールドメードは言い、その仕込み杖で自らの両頬を貫いた。

「タネも仕掛けもありはしない」

笑みを浮かべる彼の顔からは、血の一滴も流れていない。あたかもマジックショーでもしているかのようだ。

「今回の《疑神暗器》の特性は一つ。霊神人剣と同じくアーツェノンの滅びの獅子に特効がある。ただし、他者の根源から魔力を搾り取る鎖の盾で剣身を折られれば、オレは死ぬ」

ナーガが一瞬、嘘(うそ)つきの天秤(てんびん)に視線を向ける。

傾きは変わっていない。

「狐(きつね)か、狸(たぬき)か？」

「嘘(うそ)か真実かって言いたいんだろうけど、どっちがどっち？」

エールドメードが指を鳴らせば、頬を貫いていた《疑神暗器(パッパラパー)》が消え、彼の手元に現れた。

「当ててみたまえ」

エールドメードが仕込み杖(づえ)を魔法で撃ち出す。

神々(こうごう)しい魔力を放ちながら、それはまっすぐナーガへ突っ込んでいく。

「この鎖の盾が聖なる魔法具だってわかってる？　あたしの弱点はこの盾に効かないし、この盾の弱点はあたしに効かない」

己の弱点を補うための守りというわけだ。

ナーガは鎖の盾を回転させ、魔法障壁の渦で《疑神暗器(パッパラパー)》を呑(の)み込む。しかし、その仕込み杖(づえ)は盾と魔法障壁をいとも容易(たやす)く貫通し、ナーガの胸に突き刺さった。

「……っ……！」

彼女の根源が抉(えぐ)られる。

義足から溢(あふ)れる黒き粒子が、悲鳴を上げるように渦を巻き、夥(おびただ)しい量の血を吐き出した。

霊神人剣には及ぶはずもないが、《疑神暗器(パッパラパー)》には確かにアーツェノンの滅びの獅子(しし)への特効が備わっている。

熾死王がそれだけのリスクを負っているのも確かだろう。

にもかかわらず、鎖の盾で弾き返せなかった。

「……おかしい……わね……」

彼女は根源に食い込んでいく仕込み杖を握り、黒き粒子を纏いながら、それを抜こうと力を込める。

「鎖の盾は聖なる属性。この剣が霊神人剣と同じなら、鎖の盾の弱点にはならないはず。こんなに簡単に貫通できるはずがないわ」

「カカカ」

熾死王が手をかざせば、ナーガに刺さった仕込み杖が消え、再び彼の手元に現れた。

「オレの力が相性を無視するほど強いというのはどうかね？　ん？」

「嘘つきの熾死王さん？　疑問形なのは、次に嘘をつくと三度目になるからかしらね？」

そう口にするや否や、ナーガは背もたれの魔法陣から魔槍を射出した。

勢いよく、それが嘘つきの天秤に突き刺さる。

「ぬ……!?」

熾死王が驚いたように、天秤を振り向く。

「天秤が傾かなかったから嘘じゃないとあたしは思った。だけど、熾死王さんはあたしの魔眼を盗んで、天秤に《変幻自在》を使い、嘘をついてもそれが傾かないように擬装していたのね」

「……む……むぅぅ………」

「『今回の《疑神暗器(パッパラパー)》の特性は一つ。霊神人剣と同じくアーツェノンの滅びの獅子(しし)に特効がある。ただし、他者の根源から魔力を搾り取る鎖の盾で剣身を折られれば、オレは死ぬ』この言葉の内、特性は一つというのが嘘(うそ)。本当は、鎖の盾に対しても特効があった」

今この場では、あらゆるものが発言に伴い、真実、嘘(うそ)、無言のいずれかの属性を持つ。ナーガの発言により、鎖の盾は真実の属性。彼女の推理が確かなら、熾死王の発言により、《疑神暗器(パッパラパー)》は嘘(うそ)の属性を持っていた。

《熾死王遊戯嘘秩序三竦(ボルブルス・エルドメド)》のルールにより、真実は嘘(うそ)に勝る。だが、《疑神暗器(パッパラパー)》が鎖の盾に特効を有しているなら、リスクによってはそれを上回ることができる。

ナーガはそう判断した。

「……な、な、なんと？　この熾死王の嘘(うそ)がぁぁぁ……こんなにもあっさりと……まさかぁぁぁ……!!」

「タネが割れた手品ほどつまらないものはないわね。ほら、真実の槍(やり)が隠蔽魔法を暴(あば)く。今、天秤(てんびん)は正しい傾きを示し――」

言葉を切り、ナーガは再び嘘(うそ)つきの天秤(てんびん)を振り向く。真実の槍(やり)が刺さり、その力は確かに働いている。

熾死王が《疑神暗器(パッパラパー)》の説明で嘘(うそ)をついていたなら、天秤(てんびん)は右側へ二回分傾いているはずだった。

しかし、天秤(てんびん)は変わらず右側へ一回分傾いたのみだ。

《変幻自在(カエラル)》は使われていなかった。

熾死王は嘘をついていないということだ。

無言でナーガは熾死王を見た。

彼は芝居がかった風に両手で頭を抱え、うずくまっている。

「まさか、まさかぁぁぁ、こんなにあっさり騙せてしまうとはぁぁっ……！」

嘆くように言った後、エールドメードは顔を上げると、人を食ったようにニヤリと笑った。

「カカカカ、オマエの推理は外れだ、獅子の両脚。どうかね？　この熾死王の狼狽したフリは？　うんざりするほど負け犬を見てきてな。かませ感を出すのには定評があるっ！」

ガゴンッと天秤が右に傾く。

「おおっと。定評はなかったな」

熾死王の嘘が判定されていた。

§35.【虚言】

エールドメードは仕込み杖をくるくると宙で回転させながら、鮮やかな手並みでジャグリングを行い、頭上高くへ放り投げた。

落下してくる黄金の剣身に対して、奴はブリッジをしながら大口を開けて待ち構える。勢いよく迫った仕込み杖は、そのまま熾死王の口内を貫いた。

「タネも仕掛けもありはしない」

仕込み杖に貫かれながらも、血は一滴も流れていない。完全に口が塞がれた状態で、それでも手品のように燬死王の声が響く。

「不思議に思ったかね、獅子の両脚。嘘つきの天秤は、オレが嘘をついていないと判定した。だが明らかに、オレは嘘をついている。オレが嘘をついていなければ、この仕込み杖が鎖の盾を貫通できるはずがない。そう考えたか？　ん？」

上半身を起こし、エールドメードはニヤリと笑う。

「ならばまさしく、《疑神暗器》だ」

「それじゃ、あの嘘つきの天秤は、《界化粧虚構現実》の効果じゃなくて、燬死王さんが《創造建築》で作っただの天秤ってことかしらね？」

「なっ……⁉　まさか、完璧に隠し通したはずっ……！　こいつ……天……才か……⁉」

大仰な身振りで、エールドメードが小物を演じる。

「ねえ。そんな人いる？」

「カカカカ、上ばかりを見ているから、そう思うのだ、獅子の両脚。いいことを教えてやろう。下には下がいる。この燬死王に言わせれば、そうっ！」

奴は大きく両手を広げた。

「人生に下限などないのだから！」

この上なく意味ありげに、しかしまるで無意味なことをエールドメードが宣う。

「嘘だと思うなら、試してみたまえ」

エールドメードが手をかざせば、そこに神々しい魔力が集う。

「《疑神暗器》の特性は一つ。そして、アーツェノンの滅びの獅子に対しての特効はない」

挑発するように熾死王は言う。

前回は滅びの獅子に特効がある。

今回は滅びの獅子に特効がない。

明らかに二つの説明には矛盾がある。

つまり、前回か今回、あるいはその両方で嘘をついていることを明らかにしたのだ。

「鎖の盾で剣身を折られればオレは死ぬが、その代わり盾を貫くことができれば絶大な威力を得る」

エールドメードの口に刺さっていた仕込み杖が、手元に転移した。神々しい光を放ちながら、奴はそれを射出する。

依然として嘘つきの天秤は動いていない。

「…………」

ナーガは無言でぐるぐると回していた鎖の盾を大地にめり込ませ、その回転と魔法障壁を止めた。

《熾死王遊戯嘘秩序三竦》において、無言は真実に勝つ。

エールドメードの言葉を真実だと判断した。否——恐らくはそれが本当に真実なのか確かめようとしたのだ。

目前に迫った《疑神暗器》の剣身を、ナーガはその義足で蹴り上げる。だが、途中で仕込み杖はピタリと止まった。

くるりと逆方向へ回転し、《疑神暗器》は地面にめり込んだ鎖の盾に突っ込んでいく。

「あら？　今度は本当なのね？」

《疑神暗器》が鎖の盾を貫けば、絶大な威力を得る。それゆえ、仕込み杖は反転し、鎖の盾を狙った。

そう判断したナーガが車椅子に魔力を込め、高速で走り出す。瞬間、《疑神暗器》が再びナーガの方へ回転し、跳ね返るように飛んだ。

「……う…………く……！」

飛び出すように前進したナーガは虚を衝かれ、《疑神暗器》を避け切ることができなかった。彼女の根源が抉られ、夥しい量の血が溢れ出た。先程と同じく、アーツェノンの滅びの獅子に対して、確かに特効がある。

鎖の盾を貫かずとも、その威力に違いはなかったのだ。

「カカカカ、そろそろ答えがわかったかね、獅子の両脚」

熾死王が人を食ったような笑みを、ナーガに突きつける。

「狐か？　狸か？」

「……だから……どっちがどっち……？」

根源から黒緑の血がどっと溢れ、それが《疑神暗器》に抵抗する。彼女がその柄を握り、抜こうとすれば、仕込み杖はすうっと消えた。再び熾死王の手元に、《疑神暗器》が出現する。

「獅子の脚を使うか、とっておきの爪を出したまえ。手の内を隠したままなら、次はないかもしれんぞ？」

熾死王は《疑神暗器(パッパラパー)》を指先で押し、宙に回転させる。

「カッカッカッカ」

と、四度手と手を打ち合わせれば、仕込み杖(づえ)が五本に増えた。

「さあささあささあ！　二度あることは三度あるぞ、獅子(しし)の両脚っ！」

五本の《疑神暗器(パッパラパー)》が、弧を描きながらナーガに襲いかかる。

車椅子を飛行させ、素早く回避行動を取りながら、ナーガは言った。

「仕方ないわね。手の内を見せるわ」

ガゴンッと嘘(うそ)つきの天秤(てんびん)が左に傾く。

嘘(うそ)だ。

「本当よ」

今度は天秤(てんびん)は動かない。つまり、気が変わった。手の内を見せるというのが本心だ。

「やっぱり嘘(うそ)」

ガゴン、と嘘(うそ)つきの天秤(てんびん)が左に傾く。針はこれで中央に戻った。

「本当よ」

今度は無反応だ。攪乱(かくらん)するように言いながらも、ナーガは天秤(てんびん)の反応を確かめている。向かってきた仕込み杖(づえ)をナーガは大きく回避したが、それは彼女を誘導するように旋回し、再び追いすがる。

ナーガの車椅子が、更に速度を上げ、《疑神暗器(パッパラパー)》を振り切ろうとする。

「カカカカ、面白いではないか！　オレが天秤(てんびん)をなんらかの方法で操作していると踏んだか。

確かに確かに、オレがアレを操っているなら、嘘と本当で攪乱するのは有効だ。オマエの嘘をオレが判別し損なえば、嘘つきの天秤は正しく傾かない」

ナーガが嘘をついたとき、嘘つきの天秤が反応しなければ、それはエールドメードが操作している証明になる。

その場合、天秤は偽物だ。

真偽を確かめるべく、ナーガは嘘と本当を不規則に交えて発しているのだろう。

「あたしの狙いは別にあるの」

言葉を放ちながら、ナーガは《疑神暗器》が追ってくるより速く突進していく。

「なにかね？」

「車椅子とカボチャの犬車、どちらの車が強い？」

真正面から突っ込んでくるナーガに対して、エールドメードはニヤリと笑う。

「ちょうど気になっていたところだっ！」

ぐんと加速したナーガの車椅子は黒き魔法障壁を纏う。

負けじと犬車の車輪が高速で回転し、銅色の魔法障壁が展開される。

両者は互いに減速することなく、真正面から突っ込んだ。

耳を劈くような激突音が響き渡り、車椅子から車輪が弾け飛び、犬車はぐしゃりと半壊した。

寸前で上空へ飛び出したエールドメードを、ナーガが追う。

「カカカカ、どうやら犬車の方が少し脆かったたか」

エールドメードはシルクハットに手を入れ、そこから黄金に輝く仕込み杖を取り出した。

は五本の《疑神暗器(バッバラバー)》だ。

「五本だけと思ったかね？」

「滅びの獅子(しし)の右脚を見せてあげる」

反転し、《疑神暗器(バッバラバー)》を構えるエールドメードに、ナーガが迫る。その後ろを、五本の《疑神暗器(バッバラバー)》が追いかけていた。

「やっぱり嘘(うそ)、やっぱり本当。嘘(うそ)。本当。嘘(うそ)本当嘘(うそ)本当嘘(うそ)本当」

自分で嘘(うそ)と本当の区別ができているのか、早口でナーガがまくしたてる中、嘘(うそ)つきの天秤(てんびん)は二度左に傾いた。

つまり、あと一度ナーガが嘘(うそ)をつけば、彼女の魔力の半分が熾死王のものとなる。

「嘘(うそ)」

ナーガが右腕を伸ばせば、鎖がそこに絡(から)みつく。

鎖の盾を彼女は振り回した。

「さっきの説明はぜんぶ嘘(うそ)。鎖の盾は聖なる力を持っていない。庇護(ひご)の渇望(かつぼう)も関係ない。他者の根源から魔力を吸い取ったりしない」

そう口にすると、盾からジェル状の物体が排出された。

ギリシリスだ。

嘘(うそ)つきの天秤(てんびん)は——動かない。

「これはあらゆる剣を破壊する鎖の鉄球」

鎖とつながる盾が鉄球に変化し、ナーガはそれを振り回す。

「ああ、そうそう、それを見て今思い出したが、《疑神暗器(バッパラバー)》は――」

燬死王が鉄球へ突っ込み、仕込み杖(づえ)を突き刺す。

一瞬亀裂が入ったかと思えば、鎖の鉄球はボロボロと砕け散った。

「――鉄球に特効がある」

背後から迫った《疑神暗器(バッパラバー)》が、ナーガの義足に二本、両腕に二本、腹部に一本突き刺さった。

だめ押しとばかりにエールドメードは仕込み杖(づえ)を投げ、それが彼女の頭を貫通した。ぐらりとナーガがよろめき、《飛行(フレス)》の力を失って、大地に落下していく。

「……狐(きつね)か、狸(たぬき)か……なんて、燬死王さんは意地悪な質問をするのね……」

仕込み杖(づえ)に貫かれた義足が粉々に砕け散る。

その代わりとばかりに禍々(まがまが)しい黒き粒子が彼女に集い、脚を象(かたど)った。

滅びの獅子(しし)の両脚だ。着地すると、彼女は頭に刺さった《疑神暗器(バッパラバー)》を抜き、放り捨てる。

「正解は猫。つまり、あなたは無言だった」

無言は真実に勝つ。それゆえ、ナーガの鎖の盾も、鎖の鉄球も、相性に勝る《疑神暗器(バッパラバー)》が貫通した。そう言いたいのだろう。

「手品のタネなんて、わかってしまえば簡単ね。誰かがあなたの代わりに嘘(うそ)をついていた。嘘(うそ)つきの天秤(てんびん)が反応するのは、あたしとあなたの嘘(うそ)だけ。第三者が嘘(うそ)をついても、反応しない。あなたがわざわざ嘘(うそ)をついて、天秤(てんびん)を反応させたのは、ぜんぶ自分が喋(しゃべ)っているとあたしに思い込ませるため」

片脚を上げ、ナーガは足先で器用に魔法陣を描く。

「いつ、どうやって紛れ込んだのか。答えは一つ」

ナーガは、地面に転がっている半壊したカボチャの犬車を見た。

「最初から、あれに乗ってた」

描かれた魔法陣から、黒い水が溢(あふ)れ出(だ)す。瞬間、エールドメードが《飛行(フレス)》で急降下していく。

「遅いわ」

軸足を入れ替え、黒き水の魔法陣をナーガは獅子(しし)の脚でまっすぐ蹴り抜いた。

「《獅子災淵滅水衝黒渦(アッロ・レーネ・アロボロス)》」

溢(あふ)れ出(だ)したのは黒緑の水。

怒濤(どとう)の如(ごと)く押し寄せるその黒渦(くろうず)は、カボチャの犬車へ直進した。飛び散る飛沫(しぶき)が、それだけで周囲のすべてをどろりと溶かし、《界化粧虚構現実(ハイリヤム・ペーレーム)》の世界さえ容易(たやす)く滅ぼそうとしていた。

「カカカカカ、たまらんたまらん、コイツはたまらんっ！　並みの小世界ならば、軽く滅びそうではないかっ！」

熾死王がシルクハットを投げる。

中空でそれが一〇個に増えると、そこから透明の布が出現した。結界神リーノローロスの結界布である。

その権能だけを生んだ熾死王は、犬車のキャビンを神の布でぐるぐる巻きにしていく。直後、《獅子災淵滅水衝黒渦(アッロ・レーネ・アロボロス)》が結界を呑(の)み込んだ。あっという間に布が溶け始める。

熾死王は口を開き、手を突っ込むと、そこから《疑神暗器（パッパラパー）》を取り出した。

迷わず彼はキャビンの前、黒渦（くろうず）の真っ直中へ突っ込んだ。

結界布と自身の反魔法、滅びの獅子（しし）に特効のある《疑神暗器（パッパラパー）》にて護（まも）りを固めたが、しかし《獅子災淵滅水衝黒渦（アッロ・レーネ・アロボロス）》は彼の身を容易（たやす）く呑（の）み込み、その全身が溶け始めた。

「いい、いいぞっ！　強敵、難敵、大敵だぁぁぁっ！　なあ、居残り。コイツはいつもの雑魚（ざこ）ではない。さすがはアーツェノンの滅びの獅子（しし）っ！　オレではなく、オマエが喋（しゃべ）っていることにちゃんと気がついたぞ」

熾死王が《変幻自在（カエラル）》を解除すれば、半壊したキャビンの中にいた少女、ナーヤの姿があらわになった。

「喋（しゃべ）ったのは私じゃなくて、杖（つえ）先生ですけど……それより、熾死王先生、けっこう余裕なんですか？　体、溶けてますよ？」

「カカカカ、勿論（もちろん）ダメだぁ！　即死か瀕死（ひんし）か、溶滅（ようめつ）だな。手品のタネがバレた以上、力比べとなっては分が悪い。もってあと一分か」

熾死王が天父神の権能を使い、番神を次々と盾代わりに生んでいくも、一瞬で黒渦（くろうず）に呑（の）まれて滅び去る。

時間稼ぎにすらなっていなかった。

「ど、どうするんですかっ？」

「これしかあるまい」

熾死王の頭からシルクハットが浮かび上がり、そこからぬっと杖（つえ）が現れる。深化神ディルフレッドからせしめた深化考杖ボストゥムだ。

「この黒い水は、世界をも破壊しかねない滅びそのものだが、魔法は魔法だ。さて、居残り、深化神はなんと言った？」

今にも黒渦に呑み込まれそうなこの状況で、熾死王はまるで教室にいるかの如くいつもの講義を始めた。

「……要を穿孔すらば、いかなる魔法も瓦解する……」

必死に頭を悩ませたナーヤの回答に、熾死王は愉快そうに唇をつり上げた。

「せ・い・か・い・だぁ。だが、しかしだ。オレはこれを防ぐのに手一杯でなぁ」

深化考杖ボストゥムが、宙を浮かびながらナーヤのもとへ移動する。

「オマエがやれ、居残り。アーツェノンの滅びの獅子による深層魔法、完全に瓦解させるのは不可能だろうが、刺さりどころがよければ助かるかもしれない」

「……でも……」

怖じ気づいたナーヤが、次の瞬間目を見張る。

熾死王の片腕がどろりと溶けてなくなった。

「カカカ、迷っている暇に、溶けてしまうぞ？　安心したまえ。オマエは生き延びる。さてさて、教師を殺してしまった教え子の気分は、どんなものだと思う、居残り？　ん？　想像してみろ」

「嫌ですっ！」

ナーヤは大きく声を上げて、深化考杖ボストゥムを見つめた。深化神の権能の塊。かつて彼女はそれを自身の器に収めきることができなかった。

「……胃は伸びる胃は伸びる胃は伸びる……！」

狂気に染まったような瞳で、ナーヤは神の杖(つえ)に噛(か)みついた。神々(こうごう)しい光が、彼女の内側から漏れ、全身に切り傷が浮かぶ。

以前と同じく深化神の力が荒れ狂い、ナーヤの器を内側からズタズタに引き裂いていく。

だが、倒れない。

「……胃は伸びる胃は伸びる胃は伸びる……！」

ボロボロになりながらも、彼女は両手をかざす。

そこに、神の棘(とげ)、深淵草棘(しんえんそうきょく)が無数に出現した。

愛と優しさを持つようになったミリティア世界の秩序。

彼女の愛が真(まこと)に深いならば、かつてとは違い、深化神はそれに応えてくれるやもしれぬ。

深化する愛を、その神眼(め)に見るために。

「女の子には、別腹があるんですからぁぁぁぁぁぁぁぁぁっっっ！！！」

一瞬、ナーヤの神眼(め)が深藍(しんらん)に輝いたかと思えば、一斉に深淵草棘(しんえんそうきょく)が発射された。それが瞬(また)く間(ま)に黒渦の中に呑(の)み込まれていく。

数瞬後、大地が振動し、世界が割れた。

《獅子災淵滅水衝黒渦(アッロ・レーネ・アロボロス)》が暴走するように波打ち、大空に亀裂が入る。《界化粧虚構現実(ハイリヤム・ベーレーム)》の世界が、ガラガラと音を立てて崩壊していく――

§36. 【熾死王の推理】

邪火山ゲルドヘイヴ――

ツインテールをなびかせ、サーシャがくるりと回転する。

《理滅の魔眼》にて全方位へ視線を放ち、その空域一帯をデルゾゲードの領域とした。回転を殺さず、そのままの勢いで振るわれた理滅剣を、コーストリアが同じく理滅剣にて受け止める。

影と影が衝突し、闇と闇が鬩ぎ合う。

理滅剣は相手の理滅剣を滅ぼそうと牙を剝き、刃が当たっていないにもかかわらず、二人の体が斬り裂かれ、鮮血が散った。

「ねえ。その人真似の魔眼、なんでも複製できるみたいだけど」

「《転写の魔眼》。変な名前で呼ばないで」

コーストリアは力任せに闇色の長剣を打ち払おうとするも、しかしサーシャはびくともしない。

純粋な力比べならば、滅びの獅子であるコーストリアの方が上だ。つまり、理滅剣の扱いにおいてはサーシャが勝っている。

「ふーん。転写ね。幻獣の力の源が渇望なら、あなたのそれはなにかしら?」

「うるさい」

宙に浮かぶ獅子の眼球がサーシャの背後に回り込む。瞳に魔法陣を描かれ、《災炎業火灼熱砲（グム）》を撃ち放たれた。

理滅剣を使っている最中、サーシャは他の魔眼を使えぬ。黒緑の炎球が次々と着弾し、彼女は炎に包まれる。

「このっ！」

黒き粒子を体に纏（まと）わせ、コーストリアはサーシャの理滅剣を渾身（こんしん）の力で打ち払った。

「死んじゃえっ‼」

無防備なサーシャに、コーストリアの理滅剣が振り下ろされる。闇色の刃が彼女の肩口から胴体までを、斜めに斬り裂いた。

根源さえも斬滅（ざんめつ）する致命的な一撃。だが、斬り裂いたかのように見えたサーシャは無傷――彼女の理滅剣がその理を滅ぼし、斬られた後に刃を受け止めたのだ。

「幻獣の特性かしら？　わたしはミーシャみたいに感情の機微なんて見抜けないけど、あなたの気持ちはなんとなくわかるわ」

お返しとばかりにコーストリアの剣を打ち払い、サーシャは理滅剣を振り下ろす。コーストリアは咄嗟（とっさ）に飛（と）び退（の）き、それをかわした。

だが――血が溢（あふ）れた。

「……あっ……く……」

確かにかわしたはずが、彼女の胸が斬り裂かれていた。サーシャは理滅剣を優雅に構える。

「さっきからわたしに向けてきているその魔眼（め）。覚えがあるもの。羨望（せんぼう）の眼差（まなざ）し。自分が持たないものを、持っている人を羨んでる。欲しくて妬ましくてたまらない。だから、どんな魔法も転写できるけれど、結局本物には敵(かな)わない」

「うるさいっ！　誰が――あ……ぅ……!!」

彼女が激昂(げきこう)したその瞬間、サーシャの理滅剣がコーストリアの腹部を貫いていた。

「だって、羨むのは敵(かな)わないからでしょ？　自分が使えない魔法を、転写して劣化させることしかできないんじゃないかしら？」

「どいつもこいつもムカつく奴(やつ)ばっかりっ。だからなに？　それでも、私は君より強い」

腹部を貫かれながらもコーストリアは、理滅剣を握るサーシャの手をぐっとつかんだ。サーシャのヴェヌズドノアが、僅かに薄くなった。

「魔力不足。本当はこの一撃で決めたかったんでしょ？　この《理滅剣(ヴェヌズドノア)》はあいつからの借り物？　君だって身の丈に合ってない。私と同じくせに！　偉そうなことを言うなっ!!」

彼女は苛立(いらだ)ちをあらわにしながら、ヴェヌズドノアを振り下ろす。

サーシャが《理滅の魔眼》を向け、理滅剣に魔力を送れば、コーストリアの右手が切断され、ヴェヌズドノアごと落ちていった。

しかし、同時にコーストリアに突き刺さっていたサーシャの理滅剣も消滅する。

「おあいにくさま。借り物じゃなくて、交換したの。羨ましい？」

コーストリアを蹴った反動で、サーシャは素早く後退する。

「誰がっ！」

後退するサーシャを追い、コーストリアは飛ぶ。

サーシャは魔力切れ、あちらは複製ストックがないため、二人とも理滅剣はもう使えぬ。

だが、コーストリアは十分に魔力を残している。

「死んじゃえ」

「沢山魔眼があるくせに、羨むことにしか使えないの？」

「──うるさい！」

サーシャの挑発に怒りをあらわにし、苛立ちをぶつけるようにコーストリアが魔法陣を描く。

その直後だった。

空中を後退するサーシャと追うコーストリア。ちょうど両者の間に亀裂が入ったかと思えば、黒い水がどっと溢れ出した。

熾死王の《界化粧虚構現実》が破壊されたため、溢れ出したナーガの《獅子災淵滅水衝黒渦》が、火山一帯を呑み込まんばかりの勢いで降り注ぐ。

それに気がついていたサーシャはぎりぎり回避し、逆にサーシャを追うことだけに集中していたコーストリアは黒渦に呑み込まれた。

カカカカ、カーカッカッカ、と笑い声が空に響いた。

「危機一髪、九死に一生、紙一重だぁあっ!!」

体をドロドロに溶かしながら、エールドメードが溢れ出る黒水に流されていく。天父神の翼が、背後にいるナーヤを包み込み、かろうじて守っていた。

「いやいや、居残り。あの土壇場で、《獅子災淵滅水衝黒渦》だけではなく、《界化粧虚構現実》にも深淵草棘を放つとは、深いところまで見えたではないか！　さすがに奴の魔法は瓦解しきれなかったが、《界化粧虚構現実》の崩壊によって、力の方向をそらすことができた！」

エールドメードは饒舌に語っているが、ナーヤは答える力も残っていない。深化神の権能を食らったために、器が著しく傷ついている。

「って、死にかけじゃないっ」

サーシャが残り少ない魔力を瞳にかき集め、《破滅の魔眼》で黒水の威力を削ぐと、手を伸ばして二人を引っ張り上げた。

「そういうオマエも、手ひどくやられたな、破壊神。魔力が殆ど残っていないではないか」

「これは理滅剣のせいだわ。馬鹿みたいに魔力を持ってかれるんだもの。まともに戦えてたら、こんなにぎりぎりじゃないわよ」

すると、彼らの頭上から声が響いた。

「怖いのね、魔王学院さんは。銀水序列戦でコーストリアの力を暴いて、なにを企んでいるのかしら？」

サーシャたちよりも更に上空、そこにナーガがいた。

漆黒の両脚から夥しい魔力が溢れ、彼女の全身を強化している。

「両眼だけと思ったかね、獅子の両脚？　オマエの力にも見当がついた」

「そう？　当たっているかしらね？」

動じず、ナーガは冷静に言った。

「『庇護の渇望から生まれた聖なる鎖の盾。他者の根源から魔力を搾り取って所有者を守る』とオマエは言った。嘘つきの天秤は傾かなかった。つまり、嘘ではない。そしてその後にオマエはこうも言った。『その説明はぜんぶ嘘。鎖の盾は聖なる力ではなく、庇護の渇望も関係ない。他者の根源から魔力を吸い取りはしない。あらゆる剣を破壊する鎖の鉄球』と」

熾死王が不敵に笑う。

「嘘つきの天秤は傾かなかった。つまり、それも嘘ではない」

否定も肯定もせず、ナーガはそれを聞いている。

「だが、鎖の盾と鎖の鉄球の説明は明らかに矛盾する。仮に、アレがオマエが口にした通りに変化する魔法具だったなら、そう説明しなければやはり判定は嘘となるだろう。では、なぜオマエの嘘が、嘘つきの天秤に判定されなかったのか？」

エールドメードは仕込み杖でナーガの顔を指した。

「オマエは虚言者だ。その渇望ゆえか、オマエは自らの空想を真実だと思い込むことができる。たとえ、事実に反したとしても本人が真実だと思い込んでいるなら、嘘つきの天秤は作動しない」

六学院法廷会議で聖王レブラハルドは言った。《裁定契約》で嘘はつけずとも、その手の魔法は本人が嘘だと思っていなければよい。

稀にだが暗示のような力ですり抜けられる者もいる、と。それと同じことだ。

「最初の鎖の盾と明らかに矛盾した鎖の鉄球の説明をオマエがすれば、誰にでもそれが嘘とわかる。嘘つきの天秤が偽物で、オレが操作しているなら、必ず左に傾ける。だが、天秤は本物でオマエの空想を真実と判定した。天秤が本物と断定できたオマエは、喋っていたのがオレではなく、第三者――居残りだということに気がついた」

半死半生の体で、それでも熾死王は勝ち誇ったかのように笑う。

「オレのブラフを見抜いたのが、虚言者である証拠ではないか？　ん？」

「そうね。その可能性もあるけど、他にも色々考えられるんじゃない？」

「いやいや、それが一番しっくりくる。オマエが《契約》で嘘偽りないと誓ったことがただの空想による思い込みであれば、様々な謎が一つにつながるというものだ！」

ナーガは片脚を上げ、素早く魔法陣を描いた。

「熾死王さんは、魔王学院の参謀なのかしらね。よくそれだけ色んなことを空想できるものだわ」

「カカカカ、オレが魔王の頭脳だと思ったならば勘違いだぞ、獅子の両脚。オレ如きはせいぜいがアノ男の耳元でうるさく喋るオウムにすぎんっ。今更始末したところで、魔王はとっくにこの先の考えに到達しているっ!!」

「どうかしらね。熾死王さんは嘘つきだから」

空中で軸足を入れ替え、描いた魔法陣へナーガは足を蹴り出す。

「《獅子災淵――》」

ガァァァンッと破砕音が響いた。

ナーガは魔法を中断し、咄嗟にそちらを見た。

邪火山ゲルドへイヴの中腹。黒水に流され、溶けかけていた災亀の甲羅を、レイが霊神人剣で叩き斬ったのだ。

そこに収納されていた火露が、勢いよく上空に上り、熾死王とナーガの間を横切っていく。

「ボボンガ、もう回復したでしょ。やられたフリはいいわ。火露を回収して」

りと起き上がる。

《思念通信》が飛ぶ。邪火山の火口。霊神人剣にて根源を貫かれ、倒れていたボボンガがむく

「任せてお――」

「とどめ……です……！」

バゴンッととどめを刺しに来たゼシアが子亀の甲羅でボボンガの頭を思い切り打ちつけた。

「がっ……！」

「二刀流……です……」

さらに、バゴ、バゴンッとゼシアは甲羅をボボンガの頭に叩きつける。

「このぉ、ガキッ！！！」

黒き獅子の右腕が唸りを上げ、ゼシアを軽く弾き飛ばした。彼女は岩肌に叩きつけられ、がくりと脱力する。

「……舐めるなよ……八つ裂きにしてやる……」

『ボボンガ。先に火露を回収しなさい』

ナーガから再度《思念通信》が飛ぶ。

「一〇秒だ。やられたままでは済まさん……」

勢いよくボボンガが一歩を踏み出す。

「ボボンガッ！！！」

その怒声に、奴は足を止めた。瞬間、小さな甲羅がバガンッとボボンガの顔面に直撃する。

ゼシアが投げたのだ。頭から血を流しながら、ぎろり、とボボンガが彼女を睨みつける。

「鬼さん……こちら……です……」

「……この屈辱忘れんぞ……」

ボボンガは空に舞う火露(ほろ)を見据え、《飛行(フレス)》で飛び上がった。

「本当、手間をかけさせる子たち――」

はっとしたようにナーガは頭上を振り返る。

強い魔力が近づいている。遠くにキラリと光るものが見えた。そして、それは次の瞬間にははっきりとわかるほどこの空域に接近してきた。

飛空城艦ゼリドヘヴヌスである。

「カカカッ、気がつくのが遅かったのではないか。あの距離でも、火露(ほろ)に届くのはこちらが早いぞ」

「《獅子災淵(アッロ・レーネ)――」

迷わずナーガは魔法陣の照準をゼリドヘヴヌスの前方へ向け、その中心を蹴り抜いた。

「――滅水衝黒渦(アロボロス)》」

黒水が渦を巻き、火露(ほろ)を分断するように壁を作った。

だが――

「美しくあれ」

ファリスの声が空域に響く。行く手を遮るように放たれた《獅子災淵滅水衝黒渦(アッロ・レーネ・アロボロス)》を、ゼリドヘヴヌスはまるで幽霊のようにすっとすり抜けた。

「……ぬぅっ……⁉」

ボボンガの目の前に飛空城艦が立ちはだかる。

「……姉様の《獅子災淵滅水衝黒渦(アッロ・レーネ・アロボロス)》を突っ切って、無傷だと……？」

「いえ。迂回(うかい)しただけね」

ボボンガの言葉を、ナーガが冷静に否定する。

「……迂回(うかい)するには、大回りする必要があったはず……」

「それだけ速いってことよ。銀城創手(ぎんじょうそうしゅ)。バランディアスにいたときは本気を出し切れてないと思ったけれど、こんなに速かったなんて予想外。どうりでミリティア世界から戻ってこられたわけね」

彼女は臨戦態勢を解き、黒き獅子(しし)の両脚を消した。すると、溢(あふ)れかえっていた黒渦が、みるみる蒸発していく。

描いた魔法陣から義足を取り出すと、ナーガは緩慢な所作でそれを取り付けている。

まだまだ戦えるだろうがな。あいにく、銀水序列戦のルールでは決着がついてしまった。

「すべての火露(ほろ)を魔王学院が占有しました」

オットルルーの無機質な声が響く。今の一瞬の間に、ファリスは宙に浮かんだ火露(ほろ)をすべて回収していたのだ。

「魔王学院の勝利です。銀水序列戦を終了します」

続けて、オットルルーは言う。

「これより不可侵領海、二律僭主(にりつせんしゅ)の対処を開始します。魔王学院、幻獣機関は協力を」

裁定神が頭上を見る。

遙か黒穹、そこに輝く星々が見えた。

船団だ。

中央は巨大な箱船。

その周囲に、銀水船ネフェウスが浮かんでいる。

予定よりも、ずいぶん早い。

「聖船エルトフェウス。元首レブラハルドの船が到着しました」

§37. 【真の愛】

研究塔。最深部魔導工房。

入り口から足音が響き、おかっぱ頭の青年、パリントンが姿を現した。

「……レブラハルドが到着した。予定より早いのである……」

まだ一時間は経っていない。だが、急いだからといって船の航行速度はそうそう変わるものではないだろう。

つまり――

「到着時間をあえて遅く伝えていたのだろうな」

「二律僭主の手引きをした者が、パブロヘタラの内部にいると勘づいているということであるか？」

二律僭主がパブロヘタラ内部の者に通じているなら、誤った情報を与えることで攪乱することができる。

「俺たちに気がついたわけではあるまい。先走って尻尾を見せる者がいれば儲けものといったところか」

つまり、揺さぶりをかけているだけだ。レブラハルドにも確証があるわけではない。

「しかし、もう時間はないのである」

言いながら、パリントンはこちらへ歩いてくる。彼は一瞬、災人イザークが眠る氷柱に視線を向ける。

足を止め、すぐに俺に問うた。

「銀水序列戦の決着はついたようだが、どうか？　少なくとも私の魔眼には、奴らが手を抜いたようには見えなかった。銀城創手による伏兵の策が功を奏しただけであり、あれがなければナーガに二、三人やられていた」

サーシャは魔力切れ寸前、エールドメードとナーヤが瀕死だったのは確かだ。

「しかし、お前の部下、エールドメードが見抜いた通り、あの女は自分でついた嘘を真実と思い込むことができる可能性がある。そうなれば、前提が変わってくるが」

「あれは嘘だ」

一瞬、パリントンは沈黙した。

「……嘘……とは……？　どれのことであるか？」

「奴らが手を抜いていたかどうかなど、誰にも見抜けぬ」

彼は訝しむような表情を見せた。

「……………なぜ、そのような嘘を？」

「確かめたかったのは三つ。母さんを理滅剣で襲ったのが、ドミニク以外の者である可能性。ナーガが《契約》を交わしながらも嘘をつけた可能性」

パリントンを指さし、俺は言った。

「そして、お前がナーガたちと通じている可能性だ」

疑いをかけられた彼は、しかし納得したように言葉を返した。

「なるほど。お前にとっては、もっともな疑念である」

「手抜きを見破る手段があると、俺はお前に伝えた。お前と奴らアーツェノンの滅びの獅子が通じているなら、銀水序列戦で負けたくとも手は抜けぬ。ドミニクが死んだことには気がついていないフリをしなければならないからな」

ドミニクを殺し、首輪と鎖を外すことがナーガたちの表向きの目的だ。

真偽はともかく、その通りの行動をするなら、奴らは是が非でも銀水序列戦で魔王学院を退け、ドミニクの隙をつく機会を待たねばならぬ。

「奴らは全力で戦い、コーストリアは獅子の両眼を、ナーガは虚言癖があることを見せざるを得なかった。ルール上の負けに持っていったのは、うまくこちらの探りをかわしたといったところか」

俺の言葉に動じることなく、パリントンは冷静に耳を傾けている。

「しかし、ナーガが《契約》で嘘をつけたのなら、俺に話したことはアテにならぬ」

「恐らくは、嘘と本当が入り交じっているであろう」

「同感だ。どの言葉が真実で、どの言葉が嘘かということだが、怪しいのは鎖と首輪だ」

パリントンの表情に特に変化はない。

俺は続けて言った。

「ナーガはドミニクに鎖と首輪をつけられ、渇望を支配されていると説明した。俺はボボンガにそれを見せてみろと言ったが、奴は無言だった」

プライドに障ったのかとも思ったが、腑に落ちぬ。

「ボロが出ぬようにあまり喋るなと言われていたのだろう。いかにナーガが空想を本当のことと思い込めたとしても、説明に矛盾が出れば騙しきれぬ」

なるほど、とパリントンはうなずく。

「そのときだけだ、お前が口を挟んだのは。首輪と鎖は、つながれている本人か、ドミニク、災禍の淵姫にしか見えぬとな。ナーガは嘘をつけるが、嘘には物証がない。アーツェノンの滅びの獅子を縛る代物となれば尚更だ」

首輪が俺に滅ぼされては、奴らの企ては成り立たぬ。ゆえに、絶対に滅ぼすことのできぬ存在しない首輪を用意した。だが、それを俺に信じてもらうためには、物証の代わりとなるものが必要だった。

「パリントン。朧気に見えていると言ったな。鎖と首輪が。ナーガとボボンガとコーストリアに、本当に首輪がついているか？」

「無論である。必要ならば、《契約》に応じ、嘘ではないことを証明しよう」

「さて、《赤糸》で記憶を上書きできるお前と《契約》を交わしてもな」

パリントンは自分の人格を、別人のものに変えることすら可能だ。疑念が深まろうとも、尻尾はつかませぬつもりだったのだろう。

だが、誤算があった。コーストリアは首輪につながれていない。私を縛れる鎖があるならつけて欲しいぐらい、と彼女は言った。首輪をつけて、厳しく躾けて、マトモになりたい、とも。彼女の渇望は他者への憧憬、羨むことだ。あの言葉に、ナーガのような嘘があったとは思えぬ。パリントンは、俺が二律僭主としてコーストリアに接触していたことを知らぬ。

コーストリアに首輪がついているという説明が、矛盾を孕むことに気がついていないのだ。

「必要なのが物証というのなら、ここは《渇望の災淵》である。その場所へ行けば、お前にも見ることができよう」

「お前が嘘をついているのなら、そこへ行っても鎖と首輪はない。なら、なぜ連れていく？」

俺の問いに、パリントンは訝しげな表情を返す。

だが、すぐに口を開いた。

「私がお前の敵ならば、そこに罠があるのであろう。だが、罠を承知で行かなければ確かめられないのも事実である」

「違うな。お前は時間を稼ぎたいのだ」

奴は無言で俺を見つめる。

「パリントン。お前が母さんと接触したのをきっかけに共鳴が起き、災禍の胎が目覚め始めた。運悪く、《渇望の災淵》で授肉していない滅びの獅子が暴れ狂い、容態が悪化した。この二つは偶然か？」

一度だけならば、そういうこともあるやもしれぬ。

「お前が《記憶石》で母さんの記憶を呼び覚まそうとしたとき、《渇望の災淵》から大量の記憶が押し寄せ、更に状況が悪化する」

悪い偶然が重なった。

絶対にないとは言い切れぬ。

だが――

「お前は、《赤糸》にて母さんの記憶を確実に呼び覚ます方法を提案した。そして、母さんは今の記憶を、前世の記憶に上書きされつつある」

奴の言葉ではなく、その行動と結果を見ていけば、常に一貫性がある。

「ドミニクを始末したのは、俺の魔眼で深淵を覗かれれば、《赤糸》で操られていることに気がつかれる恐れがあったからだ。研究塔にこもり続け、イーヴェゼイノから出なかったのは、外の世界の強者にそのことを悟られぬためだろう」

パブロヘタラには魔眼の優れた者も多い。気がつかれれば、パリントンの計画は水泡に帰す。

俺をハメようとしたのは、ついでにすぎぬ。

「『いつもの優しいお祖父様はどこへ行ったの？』過去にルナ・アーツェノンはそう言っていたな。お前が傀儡皇ベズと取引をしたのはいつだ？　ルナが霊神人剣に斬られた後か、それとも――」

まるで人形のように表情を崩さない《赤糸の偶人》へ、俺は問うた。

「一万八千年前、ドミニク・アーツェノンの人格を上書きするためにそうしたか？」

あの時点で、パリントンは《偶人》の体を持っていなかった。

だが、傀儡皇の力を借り、《赤糸》を使うことはできただろう。

あるいはそれと引き換えに、ルツェンドフォルトの元首になるという取引を交わしたのやもしれぬ。

「姉への独占欲。それがお前の渇望だ、パリントン。お前はドミニクを《赤糸》で操り、恋に恋をしていたルナ・アーツェノンを災禍の淵姫にして、災淵世界というかごの中へ閉じ込めた。愛しい姉を誰にも渡さぬために」

俺は《契約》の魔法陣を描き、パリントンに突きつけた。

「違うというなら、《契約》に応じよ。俺の許可なく今後母さんには決して近づかぬ、とな。それならば、いかに記憶を上書きしたところで、抜け道はない」

この場は《契約》に応じ、切り抜けるといった手段もある。だが、奴の行動が真実渇望から来るものならば、応じることは難しいだろう。

コーストリア然り、イーヴェゼイノの者たちが持つ渇望は、理性とはほど遠い。

「……アノス。お前は間違っているのである。私は独占欲など持ち合わせてはいない……」

静かに彼は言う。

「姉様がどこかで生まれ変わっていることを信じ、それだけを願い、ひたすらに捜し続けてきたのだ。失った姉様を取り戻したい、その一心で――」

迷いなくパリントンは手を伸ばす。そうして、目の前に突きつけられた《契約》の魔法陣を、

《災炎業火灼熱砲(ジオル・ベズグム)》で撃ち抜いた。

「――この気持ちは愛であるっ！！！」

《覇弾炎魔熾重砲(ドグダ・アズベダラ)》を撃ち放ち、黒緑の炎球を相殺(そうさい)する。パリントンの両手から無数の《赤糸》が現れ、虚空(こくう)へ向かって伸びた。

そこには《変幻自在(カエラル)》で透明化している父さんと母さんがいる。

「ふむ。どうやら当たりのようだな」

地面を蹴り、二律剣を抜いて、《赤糸》を両断する。八割を斬り裂いたが、狙いを外した残り二割の《赤糸》が魔剣に絡(から)みついた。くくられれば、理滅剣の力さえも抑えられる。

「《二律影踏(ダグダラ)》」

《赤糸》の影を踏む。

途端に、二律剣に巻き付いた糸は砕け散った。

「もう遅いのである。すでに《赤糸》により、《記憶石》が姉様の根源にくくられたのだ。なにをどうしようとも、姉様はかつての姉様に戻るであろう。姉様の子ならば、邪魔をしてくれるな、滅びの獅子(しし)よ」

パリントンが右腕を上げ、握る。

すると、金箔(きんぱく)をちりばめたような光が、父さんたちからこぼれ始める。《変幻自在(カエラル)》が無効化され、二人の姿があらわになった。

「母さんは穏やかな家庭を願った。それを壊すのがお前の愛か？」

「指一本で滅び去るその脆弱(ぜいじゃく)な男に、なにを愛せるというのだ？　どうやって穏やかな家庭を守れるというのだ？」

パリントンと俺は同時に地面を蹴った。

奴が振り上げた右腕を、二律剣にて斬りつける。

血が溢れたが、刃は骨で止まった。硬い。

「災禍の淵姫であることも、お前が滅びの獅子であることも、その男はなにも知らんのだ。知ってしまえば、誰もが逃げようぞっ！　立ち向かったとて、弱き者に耐えられる重圧ではないっ！　知らぬがゆえの愛。知らぬがゆえの安息。そのような薄氷を踏む幸せが、真の幸せであろうはずもないっ！」

パリントンの腕の傷口から《赤糸》が溢れ、二律剣に巻きつこうとする。《二律影踏》を使った瞬間、奴は飛び退き、《災淵黒獄反撥魔弾》を乱射した。

黒緑の光が室内を満たし、影が消える。《赤糸》が二律剣に巻き付いた。

「怖じ気づき、臆病風に吹かれ、その男は姉様を傷つけるであろう。地獄の底へ、突き落とすのである。真の愛を持たぬがゆえに」

《赤糸》を引き、パリントンは二律剣を奪い取ろうとする。

「真の愛が聞いて呆れる。そもそも母さんを災禍の淵姫にしたのはお前だ」

「穏やかな愛など弱きものである。生ぬるい平和につかっていたその軟弱な男の愛がどれほどのものかっ！　地獄のどん底へ落ちたとき、それでもそばにいる者こそが、偽りなき愛の輝きを放つのであるっ！」

全身から金粉のような魔力をまき散らし、パリントンが《赤糸》を全力で引いた。

「邪魔を、するなぁあっ……!!　私は姉様を取り戻すっ!!」

「悪いが綱引きの景品にはできぬな」

黒き粒子が俺の腕に螺旋を描く。足を踏みしめ、思いきり引けば、パリントンの体がすっ飛び、宙に舞い上がった。

「がっ………」

勢いよく天井に突き刺さったパリントンに、蒼き恒星が迫った。《覇弾炎魔熾重砲》が直撃し、炎上するパリントンは、しかし薄ら笑いを浮かべていた。

「くったのである」

金箔が舞う。

今の一瞬の間に、父さんと母さんが《赤糸》で縛られている。その先を辿ってみれば、滅びたはずのドミニクが立っていた。

死体を無理矢理《赤糸》で動かしているのだ。

「姉様、この記憶をお受け取りください」

ドミニクからの《赤糸》はパリントンの胸に通じている。その根源が有する記憶にて、今以上に母さんの記憶を上書きするつもりだろう。

奴の狙いは、ルナ・アーツェノンを取り戻すこと。金の光が《赤糸》を走っていく。

「なにも知らないのはあなた」

淡々とした声が響いた。

無機質で、けれども温かく、優しい声が。

「ぬっ……!?」

砕けるように父さんと母さんの姿が消え、雪と化す。

《赤糸》はその雪の塊を縛りつけた。《創造の魔眼》で創られた偽物だったのだ。

「どんな地獄の底でも、二人の絆は変わらなかった」

離れた位置に雪月花が舞い上がり、ミーシャがそこに姿を現す。彼女の後ろには母さんを抱きかかえた父さんがいる。

「それがその証拠」

ミーシャが指を指す。

雪の中から現れたのは、極小の蒼い星。創星エリアルだ。

「待っていたぞ、ミーシャ。よくやった」

「ん」

ミーシャは僅かに微笑む。パリントンが気をとられた隙をつき、俺はエリアルのそばまで移動していた。

「見てみるか、パリントン」

俺は創星エリアルをつかむ。《赤糸》はエリアルからドミニクの死体へ続き、パリントンにつながっている。

俺の根源も父さんと母さんに《赤糸》でつなげられている。

「お前がなにも知らぬ脆弱な人間と見下した、我が父セリス・ヴォルディゴードの戦いを」

ミーシャが二度瞬きをする。彼女の神眼が輝くと、創星エリアルが光を発し、この場の全員に過去の映像が流れ始めた――

§38.【紫の雷鳴】

銀水聖海では、一万四千年前。

まだ創造神ミリティアが誕生する前、その泡沫世界の名はエレネシア。すなわち、銀海とその小世界との間には、時間の不一致が存在する。

ミリティア世界から見れば、およそ七億年以上も昔のこと。

魔族の国ラーカファルセイトから始まった、それは言葉にできなかった恋物語――


雨が降っていた。

聞き慣れた音とは、少し違う響きを耳にして、ルナ・アーツェノンは目を覚ました。見たこともない雲の形、いつもとは異なる雨の音。

「泡沫世界……」

ぽつりとルナは呟く。

彼女は目的の場所へ来ることができたのだと思った。

赤く染まった腹部に手を当てる。服は血で汚れているが、傷は塞がっていた。刺さっていたはずのエヴァンスマナは、どこにも見当たらない。

「ありがとう……男爵様……」

霊神人剣は、アーツェノンの滅びの獅子に対して絶大なる威力を発揮する聖剣だ。

無論、魔族や幻獣にもそれなりの効果があるが、滅びの獅子への特効ほどではない。

懐胎の鳳凰を捜し出すことのできていない状況で、ルナが災禍の淵姫である宿命まで滅ぼせる保証はない、とレブラハルドは考えたのである。

ゆえに、彼女がイーヴェゼイノの住人である宿命を断ち切った。そうすれば、懐胎の鳳凰はルナを見失い、結果的に災禍の淵姫である宿命からも逃れることができるはずだ。

幻獣機関の目の前でルナを滅ぼした風に装い、イーヴェゼイノにある彼女の火露も消えたとなれば、ドミニクたちも諦めざるを得ない。

泡沫世界へは立ち入りが禁止されているため、偶然発見することもないはずだ。

霊神人剣が見当たらないのは、それがルナの胎内ではなく、《渇望の災淵》に突き刺さっていたからである。ルナと《渇望の災淵》のつながりが断ち切られたのなら、折れた剣身は今、イーヴェゼイノにあるはず。そのように彼女は考えを巡らせた。

「……カノ…………キ…………」

ルナははっと身を起こし、耳をすました。

雨音に交ざり、不気味な声が聞こえたのだ。

雨とともに空から落ちてきたのは不定形の二匹の獣。ルナがいつも朱猫と蒼猫と呼んでいた幻獣だった。

「イカ……ナイデ…………」

「……サイカノ……エンキ………」

二匹は猫の形を象り、顔を向けてきた。

ルナは身構える。

雨粒が彼女の髪を伝い、こぼれ落ちた。

「どうしよう……？」

実体のない幻獣だからこそ、パブロヘタラの監視に引っかからず、ここまで追ってこられたのだろう。

パリントンが言った通り、二匹は依存の渇望を持っていた。

ルナに依存し、追いかけてきたに違いない。このままここにいれば問題ない。だが、依存がずっと続く保証もない。

イーヴェゼイノへ帰すわけにはいかなかった。もしかすれば、これは彼女の祖父ドミニクの企みかもしれない。蒼猫と朱猫に依存させることで、万が一ルナがどこかへ逃げても、見つけ出すことができるようにしていた可能性がある。

「おいで。蒼猫ちゃん、朱猫ちゃん……。一緒にここで暮らしましょ。ね」

ルナが二匹に手を伸ばす。そのときだ。

ざっ、と足音が響いた。

彼女が振り返ると、そこに武装をした人間たちがいた。

「……魔族の女……」

「奴らではない、か」

「いや、魔力が普通と異なる。只者ではない」

聖剣を携えた一人の男が歩み出る。

「私はアイベスフォンの勇者、名はエルウィン。問おう、魔族の女よ。汝は何者だ？　幻名騎士団の一味ではあるまいな？」

勇者エルウィンがそう名乗った瞬間、蒼猫と朱猫の魔眼が怪しく光った。

「……逃げてっ……!!」

ルナが叫ぶ。瞬く間に蒼猫と朱猫が溶けたかと思えば、泥のように不定形な体となって、エルウィンへ襲いかかった。

だが、彼はまるで反応しない。

見えないのだ。

彼らの魔眼に、幻獣を見る力は備わっていない。

「うぐっ……がっ、あぁ…………」

蒼猫と朱猫の泥が、エルウィンを侵すようにその体内へ入っていく。

「エルウィン殿……!!」

「どうしましたっ!?　いったい、なにが？」

「……この女の仕業かっ…………!?」

残った三名の戦士がルナに向かって剣を構えたその瞬間、エルウィンが彼らに聖剣を振るった。

「な、エルウィ――」

その一撃に、声はかき消される。禍々しい魔力が戦士らを呑み込み、塵一つ残さず消し去ったのだ。

大地が派手に抉れ、後ろの木々は軒並み斬り倒されていた。明らかに泡沫世界の人間の魔力を超えている。

「……授肉……した……？」

ルナの口から、驚きとともに言葉がこぼれ落ちる。

「……ハイフォリアの狩猟貴族と同じ……餌食霊杯なの……？」

幻獣は生物に取り憑くが、決して体を自分の意のままに操ることはできない。

授肉することはないのだ。

渇望には渇望で対抗できるため、というのがその理由だ。しかし、数多ある小世界の中には、極めて渇望に乏しい種族がいる。ハイフォリアの狩猟貴族がそうだ。

下級のものを中心に約六割ほどの幻獣は、彼らの根源を内側から食らうことで、その肉体を手に入れ、明確な意思を持つ。授肉することができるのである。幻獣に適したその器は、イーヴェゼイノでは餌食霊杯と呼ばれ、多くの幻獣たちは好んで襲いかかり、食した。

無論、幻獣に耐えうる器は少なく、数ヶ月もすればその肉体は滅び去る。だが餌食霊杯の味を覚えた幻獣は、次の肉体を強く欲するようになる。この餌食霊杯と幻獣の関係は、イーヴェゼイノとハイフォリアの長きにわたる争いの発端だった。

「……行カ……ナイデ……」

一瞬にして、エルウィンはルナの目の前に移動した。

蒼猫と朱猫、二匹の幻獣がすでにその勇者を餌食霊杯とし、授肉している。その男は最早、エルウィンではない。

「殺ス……僕ノモノにスル……！」

聖剣すらも汚染され、すでに魔剣も同然だ。その禍々しき剣にて蒼猫朱猫は、ルナの腹部を斬りつけた。

「……きゃあぁっ……！」

悲鳴と同時に血が溢れ、魔剣がバキンッと折れた。

剣身が彼女の胎内に呑み込まれたのだ。ルナは斬られた勢いのまま弾き飛ばされ、地面を数度跳ねては、水たまりに仰向けに倒れた。

「殺ス……」

蒼猫朱猫は、人間の戦士が地面に落とした聖剣を拾い上げた。それに莫大な魔力を込め、倒れたルナめがけて振りかぶる。

しかし、彼女は呆然としていた。

「…………嘘…………」

僅かながら、しかし確実にルナが感じているのは胎内にある《渇望の災淵》。

耳に響く、故郷の音。

イーヴェゼイノの住人ではなくなったはずだ。だが、なおも、雨は止まない。水たまりで仰向けになった彼女に、それはとめどなく降り注ぐ。

「殺シテ……ヤル……！」

剣は渇望に染め上げられ、魔剣と化してルナに投擲された。一秒の猶予もなくそれが彼女の身に迫り、赤い血がルナの頬を濡らす。

だが、痛みを感じなかった。

一人の魔族が立ちはだかり、手のひらを貫かせて、その魔剣を受け止めたのだ。

紫の髪と、滅紫に染まった魔眼。

外套を纏った男だった。

「……誰ダ……？」

「亡霊に名は不要」

返答よりも早く、人間に授肉した蒼猫朱猫が突っ込んでくる。

男は携えた万雷剣ガウドゲィモンを、まるで居合抜きでもするかのように、鞘に見立てた魔法陣の中に納める。

「しかし、冥府に行く者は、せめてこの名を刻むといい。幻名騎士団、団長――」

「……逃げて……！　この世界の住人じゃ、幻獣は倒せ――」

《滅尽十紫電界雷剣》級、否――それ以上だ。

立ちこめた暗雲から紫電が、魔法陣の鞘に落雷する。帯電したその魔剣が放つ魔力は、

万雷剣、秘奥が拾――《滅刃雷火》。

「滅殺剣王ガーデラヒプト」

突っ込んできた勇者エルウィンを彼はすり抜け、魔法陣の鞘から抜き放った万雷剣にて斬り裂いた。

傷口に雷撃が走った。

斬った箇所のみに走る滅びの稲妻は、一瞬にして勇者エルウィンの体を滅ぼし尽くした。バチバチと紫電を体に纏わせながら、ゆるりとその男、セリス・ヴォルディゴードは振り向いた。

「奇妙な魔力だ。女、名はなんと言う？」

すぐには答えることができなかった。

不吉な音が止まっていた。

雨は降っている。

なのにもう雨の音は聞こえない。

もっと、もっと大きな音が、彼女の全身に響いていた。

そうして、座り込んだままの姿勢で、ルナはその男の顔を見上げる。

イーヴェゼイノに雷がないわけではなかった。

雨の日が続く災淵世界では、それは当たり前の災害だ。

それでも、このとき、彼女は生まれて初めて、輝くような目映い紫電を見た。

大きくて、大きくて、止まらない。

紫の雷鳴が、遠く心臓に鳴り響く――

§39. 【渇望に背中を押されて】

「あ……」

ルナが声をこぼす。

エルウィンの体は消滅したが、その中にいた幻獣、蒼猫と朱猫は滅びていない。霧散した光が集まるようにして、二匹は再び猫の姿を象った。

「精霊？　いや、違うな」

セリスの魔眼に紫電が走る。泡沫世界にはいないはずの幻獣を確かに捉え、万雷剣にて二匹を斬り裂く。

しかし、実体のない蒼猫と朱猫を滅ぼすことはできない。霧散した二匹は泥のように変化すると、セリスに取り憑こうと体にまとわりついた。

「危ないっ」

ルナは立ち上がり、二匹を手で振り払おうとして、ピタリと止まった。取り憑かれる様子はまるでなく、男は平然としているのだ。

「……あ、れ？」

災禍の淵姫であるルナの魔眼で見ても、彼からは僅かな渇望も感じられない。それでも幻獣を寄せ付けないのは、揺るぎない強い意志を持っているからだろう。

「女。これがなにか知っているか？」

不思議そうな顔をしながら、ルナは答える。

「……その、蒼猫ちゃんと朱猫ちゃんは幻獣って言って、悪い子たちじゃないんだけど、でも、お祖父様に利用されているのかもしれなくて……」

要領を得ない説明をしながら、ルナが手を伸ばす。すると、蒼猫と朱猫は再び猫の姿になって、彼女にすり寄った。

言うことを聞いてくれたことに、ルナはほっと胸を撫で下ろす。

「故郷に帰しちゃうと大変なことになるんだけど、できれば助けてあげたくて」

ルナがぎゅっと二匹の猫を抱き、セリスを見た。

「見逃してくれませんか……？」

「己を襲う獣を飼うとは愚かな女だ」

言葉は、彼女の胸を鋭く刺した。

災禍の淵姫の宿命は断ち切られていない。それが愚かな行為だと、ルナもわかっていた。

「……そうですよね……」

瞳を暗く染め、ルナは俯く。

「この世は食うか食われるか。誰もが冥府へ続く列に並び、その順番を待っている。敵も突き落とせぬようなら、次はお前の番だ」

男の言葉で、ルナは悟る。この泡沫世界は過酷なのだ、と。

予想していたことではある。秩序の整合が取れない小世界は荒む。死が蔓延り、あらゆる生命は世界とともに滅びへ近づいていく。イーヴェゼイノの追っ手がやってこないといえども、決して楽園などではないのだ。

「………でも……」

だから、彼女は言った。

「……そのときは、そのときだと思います……」

セリスは真顔で、鋭い眼光を向けてくる。

なにも言わない。だが、その視線は『自ら死地へ赴くか?』と問うているように、ルナは思った。

「誰だって、いつか死にますから」

彼女が言うと、セリスは僅かに眉を動かした。

「……生きるために生きるのは、本当に生きてるのかなって思って……だから……うまく言えませんけど……そんなのは嫌だなって……」

稲妻の如く魔剣が走った。ルナが気がつけば、万雷剣の切っ先がその喉元に突きつけられていた。

「なすべきことがありながら、感情で動くか。愚かだな、女。すべての我を通せる理想郷などない。愚者の末路は無意味な死だ」

容赦のない口調。殺気だった眼光。セリスの警告に、けれども、彼女は一歩も引かずに笑ったのだ。

「きっと、それが、わたしらしい生き方なんです」

「ならば死ね。馬鹿め」

ぎゅっとルナが目を閉じる。

セリスは魔法陣を描き、その中心に万雷剣を収納した。彼はゆるりと踵を返す。

「え……と……あの……？」

ルナは戸惑う。

すると、どこからともなく声が響いた。

「ご安心を。団長はあなたを気に入ったようです」

《幻影擬態》と《秘匿魔力》が解除され、姿を現したのは魔族の男だ。手にしている魔槍は、緋髄愴ディルフィンシュテイン。骨で作られた槍だ。

「……今、ならば死ねって……馬鹿めって……？」

「面白い女だ。気に入った、という程度に解釈していただければ」

そう男は言う。

顔はイージェスの面影があるが、雰囲気が違い、どこか達観した表情だ。その根源は確かにイージェスのもの。それでいて、彼よりも底知れぬなにかを感じさせる。なにより、その魔愴から発せられる魔力が尋常ではなかった。

「一番。余計なことを言うな」

「了解」

セリスの言葉に、真顔で一番は答えた。

「どうしますか？　その幻獣という猫、見たところ人間の体を奪うことにより凶暴化するようですが……？」

「首輪をつける」

セリスが空を見上げる。

「刻限だ。奴(やつ)が来る」

そう彼が口にした瞬間だった。

分厚い雨雲に光が差し、真っ二つに分かれていく。昼が夜へと変わっていき、空には《創造の月》アーティエルトノアが現れた。

静寂が世界を包み込む。その瞬間は、まるで時が止まったかのように感じられた。

ひらりひらりと雪月花が舞い降り、月明かりとともに降りてきたのは、一人の女性。長き白銀の髪を右側で結い上げ、柔和な顔をした神族。創造神エレネシアだった。

「久しく。最後のヴォルディゴード」

静謐(せいひつ)な声がこぼれ落ちる。まるで優しい鈴の音のようだった。

「あなたの心はいかに?」

嫋(たお)やかに問い、エレネシアは言葉を続ける。

「私と盟約を交わし、不適合者として選定審判を戦い、世界の秩序を保つか。それともこれまでと変わらず、神族を滅ぼすか。答えを聞かせて欲しい」

「幻獣とはなんだ?」

セリスの問いに、エレネシアは虚を衝かれたように沈黙した。

「そこの猫だ」

彼女は蒼猫と朱猫に視線を移す。じっと深淵(しんえん)を覗(のぞ)き、エレネシアは答えた。

「私が創った生物ではない。人の仕業。精霊に変化が起きたと思われる」

「実体がなく、人間の体を器にする。創れ」

エレネシアはうなずく。

嫋やかに両の手のひらをかざし、雪月花を放つ。

創造の権能にて、猫の体が構築された。その器が様々な魔力的変化を起こしていくと、やがて蒼猫と朱猫が興味を持つように近づき始めた。

「噂と伝承ではない。其は心。渇いた心」

幻獣が取り憑きやすい器を見抜いたか、エレネシアは蒼い体毛の猫と朱い体毛の猫を創造し終えた。

すると蒼猫、朱猫が泥のように崩れ、餌食霊杯としてその猫の器を食らった。すぐさまその渇望を剝き出しにして、ルナを睨む。

「サイカ……ノ――」

「《羈束首輪夢現》」

間髪入れず、セリスが漆黒の首輪を二匹の猫につけた。渇望に任せ、暴走しようとしていた二匹はこてんとその場に倒れ、眠りこけた。

《羈束首輪夢現》にて夢を見せられているのだ。授肉した以上は、それから逃れることはできないだろう。

「…………」

ルナは言葉もなく、ただ視線を彼に釘づけにされていた。

餌食霊杯を簡単に創った創造神もそうだが、授肉した幻獣をいとも容易く眠らせた彼も、並大抵の実力ではない。

浅層世界の魔族にはまず不可能。ここは泡沫世界だが、彼は深層世界の住人に劣らない力を持っている。

もしかしたら、この世界は終わりかけているのかもしれない。滅びへ近づく根源は力を増す。それと同じく、滅びへ近づき、今にも弾ける寸前の泡沫が最後の輝きを放ち、埒外の力の持ち主を誕生させた――

「私はもう一度、あなたに問う」

エレネシアが言う。

「答えはいかに?」

「条件がある」

「それはなに?」

セリスは指先に魔力を集め、目の前に魔法の術式を描いた。

それは、《転生》である。だが、ミリティア世界のときとは少々術式の細部が異なる。未完成なのだ。

「《転生》を完成させるのに力を貸せ」

エレネシアは悲しげにその魔法の術式を見据え、次に同じような瞳でセリスの顔を見た。

それから、静かに口を開く。

「……最後のヴォルディゴード。どうか聞いて欲しい。あなたは強き滅びの根源を持ち、その力は秩序である私たち神族を上回るほど。けれど、不適合者と呼ばれるあなたの力をもってしても、この奇跡は起きない。誰もが死ねばそこで終わり」

そう、つまり、世界にはまだ転生が存在しなかったのだ。

「一つ、この世界はそれほど優しく創られていない。一つ、あなた以上に秩序へ干渉できる不適合者が必要。一つ、あなたにはもう時間が残されていない」

「二度は言わぬぞ」

紫電を宿した強い瞳で、セリスは言った。

「力を貸せ、創造神。まだ終わりではない。たとえこの身が朽ち果てようとも、戦いは続く。俺が伸ばしたこの手は、次に訪れる死闘の可能性だ」

それは稲妻の如く、苛烈な言葉だった。

「それは次へ次へとつながり、いつか必ず届く。この世界の愚かな秩序に楔を打つ。それが滅びの前触れだ」

「あなたは最後のヴォルディゴード。もう次はない」

エレネシアは、端的に事実を口にする。

彼の終わりは近かった。ヴォルディゴードの滅びの根源、その力が日に日に彼自身を蝕んでいる。抑えていられる猶予は、幾ばくもない。

「亡霊は死なず。愚かな世界を滅ぼすまでは」

二人がなんの話をしているか、ルナにはよくわからなかった。

唯一わかるのは、不適合者という言葉。敗北の宿命を背負い、世界の理に刃向かう者。だけど、これまでに聞いた不適合者とはどこか印象が違うような気がした。

秩序を乱し、世界の仇敵（きゅうてき）となるのが不適合者。銀水聖海ではそのように伝えられている。主神や適合者に敗れる運命を辿（たど）る彼らは、純粋な悪であるはずなのだ。

それなのに――

目の前の男は、どこまでもまっすぐな瞳で、この世界の遠い未来を見つめている。

「《転生（シリカ）》を遺（のこ）そう。この愚かな世界と戦い続ける亡霊に、それは勝利をもたらす。エレネシア、お前が信じるならば、俺はお前と盟約を結ぼう」

エレネシアは一度目を伏せる。そうして、再びまっすぐセリスを見つめ、言ったのだ。

「あなたの勝利を信じ、あなたの神となろう、最後のヴォルディゴード。神の起こせぬ奇跡を、この地上に」

セリスの指に、選定の盟珠（めいしゅ）が現れ、それが火を灯（とも）した。

「いつでも喚（よ）びなさい。《神座天門選定召喚（グアラ・ナーテ・フォルテオス）》。それで私は地上へ降臨できる」

エレネシアに月明かりが降り注ぐ。その姿が透明になっていくと、うっすらと《創造の月》が消えていき、夜が昼へ戻り始めた。

太陽がその場を照らし出せば、エレネシアの姿はもうどこにもなかった。

「行くぞ」

すぐにセリスが歩き出す。一番（ジェフ）が無言で後に続いた。

「あ、ま、待ってっ……！」

考えるより先に、言葉が口を突いていた。

どう説明すればいいか、ルナは必死に頭を働かせる。

「あの……わたし、その……身よりがなくて、突然迷い込んじゃったから、右も左もわからなくて……」

彼女にはまるで取り合わず、セリスと一番は走り出す。あっという間に見えなくなっていく二人を、ルナは咄嗟に追いかけた。

地面に寝ていた蒼猫と朱猫を拾い、腕に抱えて走っていく。もっと平穏に暮らせるところを探せばよかったのかもしれない。だけど、わけもわからずに彼女は走り出していた。

自身の渇望が強く強く訴える。

彼から、離れてはいけないと。

「すみませんっ、待ってください。最後のヴォルディゴードさんっ」

《秘匿魔力》と《幻影擬態》でセリスと一番は姿を消す。

だが、深層世界出身のルナには、二人の姿を追うことができた。すぐに振り切れると思った一番は、意外そうな顔で彼女を振り向く。

「普通の魔族ではありませんね。事情がありそうですが？」

セリスは無言で更に速く駆けた。崖から崖へと飛び移り、魔力場の荒れた場所を突き進んでいく。

ルナは二人を必死に追う。身体能力はさほどではない彼女だったが、この世界に来てから妙に体が軽い。泡沫世界だからだろう。

セリスと一番は《飛行》を使い、風の吹き荒れる崖下を飛び去っていく。ルナも《飛行》にて追いかけたが、そのとき水音が耳に響いた。

胎内から、僅かに声が聞こえる。魔力を使いすぎて、《渇望の災淵》とつながりかけたのだ。

慌ててそれを抑え込んだ瞬間、《飛行》が切れ、彼女は真っ逆さまに落ちていく。

災禍の胎の制御は、間に合いそうもない――地面への激突を覚悟したそのとき、ぐんと腕を引かれた。

セリスが、ルナを持ち上げていたのだ。彼女の腕からこぼれた猫二匹も、《飛行》で浮かされていた。

「その腹、なにが寄生している？」

異常を感じ取ったか、彼は魔眼にてルナの深淵を覗く。

「……いえ、これは……違うんです……」

ルナがどう説明しようか迷っていると、彼は言った。

「パンは焼けるか？」

「え……？」

「大所帯だ。人手が足りん」

数秒の沈黙。

ようやく意味を理解したか、ルナは満面の笑みを浮かべる。

「はいっ、花嫁修業はばっちりですっ！」

それまで厳しい面持ちを崩さなかったセリスが、呆気にとられる。

遠くで一番が笑っていた。

§40.【亡霊は語らず】

一ヶ月後。魔族の国ラーカファルセイト。

バルファッバ山の断崖に、魔法で隠された幻名騎士団たちの集落があった。

住居は石造りの簡素な建物で、中には寝床があるだけ。まるで廃村かと思うほど、生活感がない。そんな集落の中心で、薪が焚（た）かれ、大鍋がぐつぐつと煮立っている。湯気とともに漂うのは、猪肉（いのししにく）と香草の匂い。嗅ぐだけで涎（よだれ）が溢（あふ）れ、食欲を誘う。

「はい、どうぞ。沢山食べてね」

ルナは猪肉（いのししにく）と香草のスープを木のレードルですくい、幻名騎士たちの深皿に入れる。

「姫、こちらも」

「はーい、二番（エッド）。いつもご苦労様」

エプロンをつけ、小鍋を抱え、ルナはスープを配っていく。

「三番（ゼノ）、おかわりどうぞ。嫌いなニンジンは抜いてあげる」

「亡霊に好き嫌いはない」

ルナはニンジン抜きのスープをよそいながら、ふふっと笑った。

「そんなこと言っても、顔に書いてあったわ」

「…………」

無言でスープを飲み、三番（ゼノ）は黒パンを口に放り込む。

現在のラーカファルセイトでは、質の良(い)い食材はなかなか手に入らない。土壌は痩せ、ライ麦の栄養は少なく、パンにしても味気ない。猪肉も固いものが殆(ほとん)どだ。

それでも、ルナの手にかかれば、美味(おい)しいパンやスープに早変わりした。黒パンは固いが、しっかりとしたライ麦の旨味(うまみ)を感じさせ、猪肉は口の中でほろりとほぐれるほど柔らかく煮込まれている。

戦う技ばかりを磨いてきた幻名騎士たちはろくな調理法を知らず、彼らはルナのおかげで久方ぶりにまともな食事にありつけていた。

「まったく見違えるようだな」

四番(ゼット)が言う。

「確かに」

五番(バルデ)は彼と並んで、パンをかじっている。

「だが、悪くない」

「ああ」

言葉少なに食事をとっている二人に、ルナは近づいていく。

「また食事中に内緒話?」

ルナは四番(ゼット)と五番(バルデ)をじとっと睨(にら)む。

「内緒話というほどでは……」

「じゃ、なに?」

ずい、と身を寄せるルナに二人はたじろいだ。

ただ争いに身を投じるだけの亡霊。この時代、このエレネシア世界でも、幻名騎士団たちの行いは、二千年前と変わらなかった。

彼らの戦いは、遙か遠い前世から始まった。情を捨て、心を捨て、死した亡霊を演じながらも大を生かすために小を殺す。他者には決して理解されず、ひたすらに恐れられるだけの戦いの日々。ルナはそれを、聞かされてはいない。

「姫が来て、希望が生まれたようだと」

「希望？」

ルナは首をひねる。

「我らは長く戦い続けてきた。終わりのないこの戦いに、一つ希望が見えた気がした」

「わたしは、ご飯を作ってるだけよ？　この国のことも全然わからないし？」

すると、五番は笑った。そのような朗らかな笑みを浮かべるのも、久方ぶりのことであった。

「それがよいのだ」

ルナはわからないといった風にまた首をひねった。

魔族の国は戦乱の最中。人間や精霊、竜人たち、果ては神族までもが参戦し、争いは激化の一途を辿っている。

幻名騎士団には、すでに戦いの行く末が見えていた。

滅びだ。なにもかもが死に絶え、なにもかもが消え去っていく。たとえ激化する戦いを乗り越えようとも、この世界は長くもたないだろう。

あまりに憎しみは積み重なり、あまりに人々は強くなりすぎた。エレネシア世界の国々にいる数名の王が本気を出せば、そこに生きる民は容易く死ぬ。彼らが全力でぶつかれば、世界さえも滅びるだろう。

それゆえ、これまでは衝突が回避されてきた。だが、互いに譲れぬものがあり、なにより彼らは憎しみ合っている。王と王の衝突は、日に日に避けられなくなっていった。

戦い抜こうとも、勝利しようとも、守りきることはできない。死闘の果てにあるのはただ一つの絶望。それがわかっていながら、しかしもう誰にも止めることはできないのだ。

そんな中、なにも知らず笑顔を振りまくルナは、彼らにとっては僅かな希望であったのだ。

たとえ、大きな絶望の中に見えた微かな灯火であったとしても。

「五番はいつもはぐらかしてばっかり。いいわよ、一番に聞くから」

すると、くつくつと四番は喉を鳴らして笑う。

「よく見ておられる」

「確かにあやつは我らの中で一番口が軽い」

「おかわりは？」

「「もらおう」」

二人は声を揃える。

ルナは深皿に再びスープを注いだ。

「……じゃ、行ってこようかなっ……」

くるり、とルナは鍋を抱えて背を向けた。

「……あの人にも、今日こそ食べてもらわないと……」

うん、と決意を固めたようにうなずき、ルナは小走り気味に去っていく。

その背中を見ながら、五番が言った。

「団長が姫を連れてきたときは、正直面食らったが」

「失い続けるのみの戦いだ。あの御方も、最後になにかを遺したかったのかもしれん」

集落の一角にある洞穴の中へルナはやってきた。奥には魔法で作られた堅牢な扉があり、その前に槍を携えた一番が立っていた。彼は門番のように、いつもここでそうしている。

「ご苦労様、一番。スープとパン、食べるよね？　今日は猪肉が獲れたわ」

「いただきます」

一番が魔法陣から深皿を取り出すと、ルナはそこへスープを注ぐ。エプロンの大きなポケットから黒パンを取り出して渡した。

一番は深皿を魔法で浮かせ、黒パンをかじる。

「あの、持っていこうと思うんだけど……？」

恐る恐るといった風に、ルナは一番の反応を窺う。

「だって、ほら、一ヶ月ぐらい全然食べてないでしょ？　お腹空くと思うわ。元気も出ないし」

幻名騎士団に身を寄せるようになってから、ルナは毎日食事を作った。

だが、セリスは最初の頃に一度食べたきり、ずっと彼女の料理を口にしていない。イーヴェゼイノの味つけは、口に合わなかったのかもしれない、とルナは反省した。

今度こそ喜んでもらおうと、ラーカファルセイトの食材や調味料を研究し、一生懸命工夫を凝らしたのだ。

満足のいく味になった。自信があるのだ。自分の料理であの仏頂面(ぶっちょうづら)が綻ぶのだと思うと、なんだか楽しみで仕方なかった。

「今日は、美味(おい)しくできたと思って、だから……」

「あ……そうなの……」

ルナは肩を落とす。

浮かれた気持ちが一気にしぼんでいった。

「あの女の子に会ってるのかな……？」

「女の子？」

「神族の、その、エレネシアちゃん……」

それを聞き、一番(ジェフ)は目を細くする。

「聞いてませんが、そうかもしれませんね」

セリスとエレネシアが会っているところを想像するだけで、ルナの気持ちはますます落ち込んでしまう。

それを見て、一番(ジェフ)は笑った。

「姫は団長(イシス)に好意がおありで？」

「え？　あ、そ、そんなんじゃなくて、その、好意とかはよくわからないんだけどっ」

恥ずかしげに俯(うつむ)きながら、ルナは言った。

「……そんな風に……見える？」

「ええ」

即答されると、胸が高鳴った。

セリスの顔が、頭に浮かぶ。

「まだ、わからないんだけど……運命だったらいいなって……思うかも……でも、エレネシアちゃんと付き合ってたりとか――？」

「ここへは来るなと言ったはずだ」

ルナが驚いたように振り向く。

すぐ後ろにセリスが立っていた。

「あ……き、聞いてた……？」

彼女を一瞥すると、セリスは質問には答えず、扉へ向かった。

「なんの用だ？」

「……あの、えっと、えっとね、す、スープを持ってきたの……！」

満面の笑みでルナは鍋を見せた。

「今日は美味しくできたから、これなら食べてもらえると思って。ほら、食べてないでしょ、最近。もう二四日、かな？　食べないと元気出ないし、心配だわ。忙しいのかもしれないけど、でもご飯食べる時間ぐらい作った方がいいと思うの」

セリスを前にすると、ルナは緊張してしまう。それを押し隠すように、次から次へと言葉がこぼれた。

だが、彼はなにも言わない。いつもそうだ。鋭い目で睨むばかりで、言葉をくれない。だから、彼がなにを考えているか、ルナにはよくわからなかった。

「あの……どうかな？　もっと色々言ってくれたら、わかると思うんだけど……好きなものとか、どうして欲しいとか……」

「くだらぬ」

ルナは冷水を浴びせられたような顔になった。

「亡霊は語らず。死人が彷徨っていると思え」

そう言い残し、セリスは扉の向こうへ去っていった。

ルナはまた落ち込んでしまう。どう考えても、好意を持たれてはいないだろう。だけど、それでも彼の鮮やかな瞳に見つめられると呼吸が止まるのだ。

彼がなにを考えているのか、知りたくて仕方がない。こんなに冷たくあしらわれて、こんな風に思うなんて絶対におかしいはずなのに、それでも気持ちは止まらない。霊神人剣に斬られて、どこかおかしくなってしまったんだろうか、とルナは思う。

「……嫌われてるのかな……？」

「どうでしょうね？」

すぐに一番は言った。それでも、嫌われていないとは明言しない。

「でも、冷たいし……」

「団長も言ったでしょう。亡霊は語らず。我々の言葉に価値はありません。理解したければ、観察し、推察するしかないでしょうね」

ルナはわからないといった風に頭を悩ませる。

「でも、エレネシアちゃんとは、よくお話ししてるわ。わたしは、スープも飲んでもらえなくて……」

「彼女は共謀者です。少なくとも、ここにいる生者はあなただけ。スープも飲まないのに、団長（イシス）はあなたを迎え入れた。その意味を考えてみてはどうでしょう？」

「……でも、はっきり言ってもらわないと本当の気持ちはわからないわ……」

鍋の中身を見つめながら、ルナは呟（つぶや）く。

「……どうしたら、話してもらえるのかなぁ……」

言いながら、ルナは考える。

だけど、まるで理解できなかった。

彼女は顔を上げ、黒パンをかじっている男を見た。

「ねえ。なんで一番（ジエフ）たちは亡霊なんて名乗ってるの？　だって、みんな生きてるわ。なのに秘密ばっかり作って、こんなに人がいないところで、世捨て人みたいになって、たまに争いに参加して、なんか変じゃない？」

「そうかもしれませんね」

そう答えた一番（ジエフ）は、他の幻名騎士たちと同じく、心がなくなったような顔をしていた。

「本当に亡霊になりたいわけじゃないんでしょ。じゃ、どうしてこんなことをしてるの？」

「それでも亡霊なのですよ、私たちは」

他の者たちに聞いたときと同じ答えだ。やっぱり彼も教えてくれない、とルナは思う。

「……ごめんね。ここにいたら、一番も怒られるから、戻るね」

とぼとぼとルナは鍋を抱えて帰っていく。

その背中に、一番は言った。

「姫。行動は早い方がよいかと。亡霊などいつ消えゆくかわからないもの。待っていても、事態は好転するものではありません」

「どういう意味なの？」

「独り言です」

一番は笑い、手を振った。

「……教えてくれてもいいのに……」

洞穴を出て、ぼんやりと歩きながら、ルナは彼の口にした言葉について考えていた。

行動は早い方がいい、と言われてもどうすればいいか迷ってしまう。

彼はなにも言わない。

運命かどうかなんてわからない。

それに、彼女には急ぐわけにはいかない事情もある。アーツェノンの滅びの獅子だ。霊神人剣でも、結局、その宿命は断ち切れていない。

彼が運命の人だとしても、もしも想いが通じたとしても、子供を作るわけにはいかないのだ。

彼女は災禍の淵姫。夢を叶えるにはまだまだ遠くて、その糸口さえも見えてこない。

それなのに――

まだだめだと言い聞かせているのに――

どうしてだろうか。

未来の家庭を想像するだけで、どうしようもなく頬が緩んだ。

§41.【真心を亡霊に】

お姫様は、不思議そうな顔をしました。

その骸骨はこう言いました。

「……キス……ヲ……」

お姫様は躊躇(ためら)います。けれども、その骸骨が愛おしく思えてきたのです。

彼女は思い切って骸骨の頬にキスをしました。

すると、どうでしょう。

骸骨が光に包まれて、みるみる内に姿を変えていくのです。

気がつけば、目の前には金髪で青い瞳の王子様が立っていました。

彼は言いました。

「ありがとう。君のおかげで呪いが解けたよ。人の心を取り戻せた」


——本をぱたんと閉じると、ルナは勢いよく顔を上げた。

「……そうだわ……！」

はっと思いついたように彼女は寝床から抜け出す。

真夜中だ。月明かりが降り注ぐ中、ルナは走り、石窯のある建物に入った。

彼女はすぐにスープの下ごしらえとパンを焼く準備を始める。

さっきまで読んでいたのは、古い童話だ。邪悪な魔女に呪われてしまい、不気味な骸骨と成り果てた王子様を、お姫様のキスで救う。怪物だった王子様は、人の心を取り戻し、洞窟に迷い込んだお姫様を助けた。

愛し合う二人はいつまでも幸せに暮らしたのだった。

それと同じだ、とルナは思った。

幻名騎士団は、人里を離れ、亡霊のように過ごしている。心をなくしたわけじゃないはずなのに、心を捨てたように振る舞って。まるで呪いをかけられたみたいに。

だけど、彼らが呪いをかけられた亡霊なら、それを解いてあげればいい。人の心を取り戻したら、きっとあの人の名前も聞ける。

もっと色んなことを教えてもらえるし、楽しくお喋りもできるはず。そうしたら、これが運命だって、はっきりとわかるかもしれない。

災禍の淵姫であるルナの宿命がそれでなくなるわけではないが、二人の恋が運命だったら乗り越えられるに違いない。

あの童話のように、人の心を取り戻した王子様は、お姫様を助けてくれるのだ。

「うん、美味しくできたわ」

スープが完成し、パンが焼き上がると、彼女はそれを持って飛び出した。衝動に突き動かされるように、ルナは洞穴へと走る。

起きているだろうか？　まずはなにから話そう？

そんなことを考えながら、洞穴の奥へ進むと、扉の前で一番（ジェフ）が立っていた。

こんな真夜中まで、見張りをしているようだ。彼はルナに気がつくと、彼女が鍋を抱えているのを見て、疑問の表情を浮かべた。

「どうしました？」

「あの……いいことを思いついて……一番（ジェフ）の言う通り、行動を起こすなら早い方がいいと思って、だから……」

ルナは扉の向こうへ視線を向ける。

「会いたいんだけど、起きてるかな……？」

「この奥へは誰も通すなと言われています」

言葉とは裏腹に、一番（ジェフ）は笑う。そうして、槍（やり）の柄で扉を突き、開けてくれた。

「……いいの？」

「亡霊の気まぐれですが、できれば上手（うま）く誤魔化してください」

「ありがとうっ！」

お礼を言って、ルナは中へ入った。

薄暗く、人の気配がまるでしない。彼女は暗闇に魔眼（め）を配り、奥へ歩いていった。

「一番（ジェフ）はどうした？」

急に声をかけられ、びくんとルナが震える。

暗闇の向こう側に、セリスがいた。固定魔法陣の上で、魔法の研究をしているようだ。

「えっと……貧血で休んでるみたいで……」

「あれの血は無尽蔵だ。貧血などありえぬ」

「あー……」

ごめん、一番（ジェフ）、バレた、とルナは心の中で謝る。

こうなったら取り繕っても仕方がない。ルナはセリスのもとへ駆け寄っていくと、満面の笑みで鍋を見せた。

「スープを持ってきたのっ」

「置いておけ」

すげなく言われたが、怯（ひる）まずルナは言った。

「パンもあるのっ。今日はライ麦。固いけど、美味（おい）しいわ」

「置いておけ」

冷たい言葉に、しかしルナは笑顔で続けた。

今日は一歩も引かない。亡霊の呪いを解いてあげるのだ。そのためには、まずなにがなんでも手料理を食べてもらう。

大丈夫。きっと真心は通じるはずだ。

「猪肉が美味（おい）しいって、みんなからも好評だったの。最近、全然なにも食べてないでしょ。食べて」

「置いてお――」

今だ！　バゴッとセリスの口に黒パンが放り込まれた。

「美味しい？」

パンを食らいながら、面食らったような表情を浮かべるセリス。

遠くから、押し殺した笑い声が微かに漏れてきた。一番のものだろう。

「…………」

セリスは無言でパンを噛みきり、入りきらなかった分を手に持つ。

すかさず、ルナはスプーンをぐっと握りしめる。キラリと光った魔眼には、パンを飲み込んだ瞬間、今度は熱々のスープを口に放り込んでやると言わんばかりの気迫がありありと浮かんでいた。

「……確かに少しばかり空腹だ」

セリスは少々呆れ気味にそう言って、《創造建築》の魔法で、机と椅子を二脚用意する。

「座れ」

「うんっ！」

やった。通じた。真心が通じた。ルナは嬉しくなって、満面の笑みを浮かべる。

上機嫌で魔法陣を描くと、そこから取り出した深皿にスープを入れ、平皿に黒パンを置いた。

「馴染んだようだな」

「幻名騎士団に？　うんっ、みんないい人ね。でも、誰も名前で呼ばないから、ちょっと変な感じ。一番、二番、三番って、この世界の言語で、数字の一、二、三なのね」

ルナが饒舌に喋ると、セリスが眼光を鋭くした。

「この世界？」

「あ……その、わたしは、別世界にいたようなものだから……」

泡沫世界には主神がおらず、外の世界を感知する術がない。ルナもこのエレネシア世界から自力で外へ出ることはできないのだ。

銀水聖海やイーヴェゼイノの説明をしても、頭のおかしな女だと思われるだけだろう。どう言ったものか、ルナは迷う。

「えっと……あの、結婚するとき、不便じゃないの？　名前知らないと……」

彼女は強引に話を変えることにした。

「名もなく、欲もなく、我らはただ彷徨うのみだ」

それは彼から何度も聞いた言葉だ。だけど、やっぱりどう考えても、それが彼らの幸せにつながるとは思えなかった。

「あの、あなたはどうして、亡霊になったの？」

「理由などない」

「嘘だわ。だって、亡霊なんてやってても楽しくないじゃない。やりたいこともできないし、好きな人ができても結婚できないわ。そんなの、なんのために生きてるかわからないじゃない？」

セリスは無言だった。ただパンをかじり、スープを飲む。

負けない、とルナは思った。

「……わたしが数字じゃなくて姫って呼ばれるのは、どうして……？」

「相容れぬ者だからだ」

その言葉に、ルナの胸は痛んだ。ひどく疎外感を覚えたのだ。

「……わたしは、みんなの仲間になりたいと思ってるわ……」

「お前の腹に眠っている得体の知れぬ力」

魔眼に紫電を走らせ、セリスはルナの深淵を覗く。

「それは、お前の子にかけられる呪いの類か」

なにも話してはいない。

それなのに、彼は災禍の淵姫のことをここまで見抜いたのだ。ルナは驚きを隠せなかった。

「……嘘だって、笑うかもしれないけど……」

そのことをもう黙ってはいられないと思った。真心を持って接するなら、都合の悪いことを隠してはおけない。

「……わたしは、世界を滅ぼす忌み子を産むの。それが、宿命だって……」

災淵世界とアーツェノンの滅びの獅子という名を伏せ、ルナはセリスに己の宿命を打ち明けた。どこまで信じてもらえるかはわからないし、逆に信じたなら、忌避せずにはいられないだろう、とルナは思う。

だが、セリスの答えは意外なものだった。

「お前はそれでも、幸せが欲しくてならぬ。己の子が欲しくてならぬのだろう？」

一瞬迷い、けれども、やはり彼女はうなずいた。

「……うん」

不思議だった。

彼は、いつもあんなにも冷たい。それでも、ルナがなにも言っていないのに、大した言葉も交わしていないのに、彼女のことを理解してくれているような気がするのだ。

「その我欲は、我らの捨ててきたもの。その胸に渇望がある限り、お前は亡霊にはなれぬ。やがて我らを疎み、忌避するだろう」

セリスが指先から紫電を発すると、洞穴のろうそくに火が灯った。彼は立ち上がり、灯火に囲まれた中央へ視線を向ける。そこには魔法陣が描かれていた。

「生者と亡霊は相容れぬ。お前が光ならば、我らは影だ。ついぞ交わることはない」

セリスの言うことは、やはりルナにはよくわからなかった。だけど、今日はいつもよりも沢山話をしてくれている。きっと、心は伝わるはずだと思った。

「一番。いるな？」

「はい」

門番をしていた一番が、こちらへ歩いてきた。

「準備は済んだ」

「待っておりました」

疑問を覚えるルナの前へ、一番がやってくる。

そうして、彼はいつもと変わらぬ口調で、まるで世間話でもするかのように軽やかに言ったのだ。

「姫、お別れです。私はこれより冥府へ参ります」

§42.【最初の転生】

「…………………え？」

疑問がルナの口からこぼれ落ちる。

だけど、一番（ジェフ）の言葉が理解できなかったわけではない。なんとなく、漠然と、彼女は思っていたのだ。

このまま続いていくのだと。

秘密の多い亡霊たちに悩まされながら、それでも楽しく笑い合い、暮らしていくのだと。

こんなにも唐突に、別れを切り出されるなんて想像すらしていなかったのだ。

戸惑うルナを見て、一番（ジェフ）はほんの少し悲しげに微笑（ほほえ）む。

「この工房で、団長（イシス）が長い間、研究していた魔法の名を《転生（シリカ）》といいます」

一番（ジェフ）は灯火に囲まれた魔法陣に視線をやる。

「それは転生を実現する魔法。想（おも）いをつなぎ、記憶をつなぎ、力をつないで、《転生（シリカ）》をかけられた根源は、新たな生を得ることができます」

《転生（シリカ）》という魔法には、聞き覚えがあった。最初に出会ったとき、この泡沫（ほうまつ）世界の創造神エレネシアとセリスが話していた。

「《転生》は、団長といえども容易な魔法ではありません。創造神の助力のもと研究は一応の成果を見せましたが、これは神の秩序を超える魔法。実験なしに、完成はあり得ません」

「……実験って…………？」

わかっていた。

彼らがなにをしようとしているか。

それでも、呆然と言葉が口を突いたのだ。

「根源を使っての魔法実験です。誰かが冥府に行かねばなりません」

《転生》が完成していない時代において、その魔法実験は滅びを覚悟するも同然だった。だが、《転生》が転生の魔法である以上は、避けられない道だ。

「想定される内、一番よい結果が出たとしても、今回の《転生》実験は初めての試み。記憶はなくなるでしょう。想いや力がどこまで残るか、いつの時代に生まれ変われるかも定かではありません。ですから、これでお別れです」

「だめ……！」

止めなきゃ、と咄嗟にルナは思う。その方法を考えるよりも先に、彼女はセリスに詰め寄っていた。

「だめだわっ！　《転生》は絶対に成功しないの。だって、この海の秩序は、そういう風にできていないもの。名だたる魔法の名手が試したけど、誰も成功しなかったって聞いたわ。それに、あなたは不適合者だからっ……！」

ルナの剣幕に、驚きを見せる一番。

　セリスはいつもの如く、眼光を鋭くした。

「なにを知っている？」

「信じてもらえるかわからないけど」

　ルナは必死に頭を働かせる。外の世界があることは証明できない。だけど、この世界の仕組みなら、その末路を予言することはできる。

「未来を知ってるわ。この世界の行く末を。秩序の整合がとれないこの世界は滅びへ近づく。それを防ぐことができるのは、神族の中から生まれる主神と、進化した種族である適合者だけ」

　セリスの瞳を見つめ、ルナは懸命に訴えた。絶対に思いとどまってもらわなければならない。そうでなければ、一番は無駄な死を遂げてしまう。

「不適合者は、進化した種族の中で道を誤った存在。秩序から忌避されているから、絶対、あなたが望む通りに《転生》は成功しないの」

「それがどうした？」

　ルナの言葉を、セリスは一蹴した。

「……信じてもらえないかもしれないけど、証拠もなにもないけど、でも、事実なのっ……！　お願い、これだけはっ」

「くだらん」

　セリスは言う。

「どうしたら――」

「お前の言うことが事実だとして、それがどうした？」

ルナは一瞬、言葉をなくした。

「……どうしたって……だって、成功しないってわかってるなら、そんなの無駄じゃない。諦めて、できることをした方がいいでしょ？　失敗したら、一番（ジェフ）はどうなるの？」

「失敗を恐れ、滅びを厭（いと）うは生者の所業。我ら亡霊はただ戦うのみ」

ルナは呆然（ぼうぜん）とする。

彼はムキになっているわけではない。ルナの言葉を頭ごなしに否定しているわけでもない。たとえ、銀水聖海のことがわかっていたとしても彼はきっと止まらない。なにがあろうと決して止まらないと、その魔眼（め）が強く語りかけてくる。

「……あなたは、なんのために戦うの？」

「勝利以外あるまい。この愚かな世界は、尊大にふんぞり返っている。俺は目に物を見せてやりたいのだ。この身が朽ち果てようとも知ったことか」

彼の瞳に紫電が走る。

その鮮やかな魔眼（め）は、いつかと同じく遠い未来を見つめていた。

「絶対負けるのにっ？　一番（ジェフ）は無駄死にだわっ……！」

「もとより生きてはおらぬ」

セリスはルナを睨（ね）めつける。だが、今回ばかりは、彼女も引かなかった。

「目を覚まして。世界と戦っても不毛なだけっ。一番（ジェフ）の次は誰？　こんなに沢山の仲間たちがいて、みんなを戦いに巻き込んで、それであなたになにが残るのっ？」

セリスの服をつかんで、ルナは必死に説得した。

「……あなたがなにを考えているのかわからないけど、恨みよりも優しさを持って……」

ルナの頭をよぎるのは、祖父ドミニクのことだ。銀水聖海の滅びさえも眼中になく、祖父はアーツェノンの滅びの獅子（しし）を研究しようとした。孫であるルナを災禍（さいか）の淵姫（えんき）とし、重たい宿命を背負わせてまで。

「今のままじゃ狂気に突き動かされた化け物だわっ……！」

ひたすら幻獣の研究に邁進（まいしん）する祖父とセリスが、重なって見えたのだ。

「姫、それぐらいで」

一番（ジェフ）が言った。

「団長（イシス）は間違っておりません」

ルナが振り向く。

彼は、穏やかな表情を浮かべている。これから冥府へと旅立つというのに、不満など欠片（かけら）も見せずに。

「だって……死んじゃうのよ……!?」

「ええ」

「成功はしないわ」

「ええ」

「……じゃ、どうして？」

いつものように一番（ジェフ）は笑う。

「生きるために生きるのでは意味がありませんからね」

それは以前、ルナがセリスに言った言葉だ。

「……わからないわ……みんなの言うことは、いつも難しくて……」

言いながら、ルナは一番に歩みよる。

「亡霊は語らず。ですが、最期ぐらいはいいかもしれませんね」

彼はそう軽口を叩く。

「たとえば、そうですね。亡霊の里に迷い込んだ生者を、日の当たる場所へ帰してやりたかった。だから、あなたに数字はつけず、皆、姫と呼んだのです」

「そう……なの？」

「独り言です」

思わせぶりに言って、一番は笑った。

「我らは死に向かう名もなき騎士。戦いこそが性。どこで野垂れ死のうと悲しむ者もおりません」

彼の決意は揺るぎもしない。

わからない。彼らはいつも秘密ばかりで、なにか大事なことを隠している。だけど、そう、ほんの少しだけ、そこに優しい気持ちが見える気がするのだ。

違うのだろうか？　狂気ではないのだろうか？　そうでなければ、こんなにも穏やかな表情はしていられないだろう。彼ら幻名騎士団には、ルナの知らない理由があるのかもしれない。

言葉にできない理由が——

　それを理解できていないルナがなにを言ったところで、きっと止められはしない。彼は喜んで死地へ向かう。行ってしまう。だから、今、自分になにができるのかを、彼女は必死に考えた。

「……でも、わたしは、きっと泣くわ……」

　一番はルナを抱擁した。

「一つだけ、気がかりなことが」

　ルナの耳元で、囁くように一番は言った。

「なに？　なんでも言って」

「我らは順番に転生します。最後まで団長を見てくださる方がいれば」

「任せて。絶対、毎日パンを食べさせるから」

　穏やかに一番は微笑み、そして再び言った。

「あなたを姫と呼ぶように言ったのは団長ですよ」

「え……？」

　すっと一番はルナから離れた。

　いつもの独り言なのか。しかし、彼はこのときだけは、独り言とは言わなかった。

「団長」

　緋髄愴ディルフィンシュテインを、一番は放り投げる。セリスはその槍を右手で受け取った。

　緋髄愴には彼の魔力の大半が込められている。《転生》実験に成功しても、力を十分には引き継げない目算だからだ。

生まれ変わった彼が、緋髄愴を使いこなせるかは定かではないが、同じ根源ならば可能性があった。

「エレネシアに預けておく。覚えていたなら、取りに行け」

「はい」

一番は静かに歩いていき、固定魔法陣の中央に立った。

セリスはディルフィンシュテインを地面に突き刺し、魔法陣から万雷剣を抜く。

「思い残すことはあるか？」

「我らは亡霊。未練などこの世にあろうはずがありません」

一番は笑う。

セリスも、ほんの僅かに笑った気がした。

迷いなく、彼は前へ足を踏み出す。紫電迸る万雷剣が、一番の体に迫り、そしてその根源ごと貫いた。

至近距離で荒れ狂う紫の稲妻は、セリスをも呑み込んでいく。だが、彼は自らの身を守る反魔法を使おうとはしなかった。

激しくも鋭い紫電が、体を焼き、魔眼や目元を斬り裂く。表情一つ変えないセリスの瞳から、ぽたり、ぽたり、と血の雫がこぼれ落ちる。

「亡霊は死なず。我らに安らかな眠りはない」

一番の体が跡形もなく消え去り、《転生》の魔法陣が起動する。

洞穴には、目映い光が満ちていた。

§43.【末路】

一番、二番、三番、四番、五番――幻名騎士団は、名付けられた順番に《転生》の実験体となった。

悲壮感はまるでなく、彼らはおつかいにでも行くように消えていく。見送るセリスもまた厳しい表情を崩さず、鋭い視線にて魔法の深淵を覗くのみ。

まるで作業のように淡々としており、それが幻名騎士団が亡霊であることを際立たせた。

一人を転生させるごとに、セリスは洞穴にこもり、その間は満足な食事もとらずに考え続けている。

《転生》の結果とその術式の問題点、そしてそれをいかに改善するかを。

だが、思うような結果は得られていないのだろう。日増しにセリスの表情は険しくなり、雷を宿す鮮やかな魔眼は曇っていく。

その澱みに、ルナは覚えがあった。

《渇望の災淵》だ。

その水底には、様々な欲望や渇望が混濁している。満たされない想いが募りに募り、乾ききった切望は、いつしか暗き衝動へと移り変わっていく。

アーツェノンの滅びの獅子。未だ自らの胎内に結びつけられた怪物と似たような存在へと彼が変貌してしまうのではないかと思い、ルナは不安だった。

そうして、とうとう最後の一人が逝ってしまった。

セリスの瞳は澱んだままだ。黙って見守るしかないルナだったが、それでもなにかできることがないかと思った。

彼女はバルファッバ山を下りて、近くの森へ入った。

魔眼が届かなくなるため、セリスから行かないように言いつけられている場所だ。

そこで、キノコを採った。

ルナにできるのは料理を作ることだけ。

だから、毎日みんなに料理を振る舞い、一番との約束通り、頑張ってセリスにパンを食べさせた。

死にゆく彼らを、止めてあげることができない。だから、せめて美味しい料理を食べてもらいたかった。

彼らの気持ちがわからずとも、一緒に食卓を囲むことはできると思ったから――

今はもう、彼一人だ。

「……暗い顔しちゃ、だめ……」

ルナは口角を上げ、無理矢理笑顔を作る。

セリスは《転生》を完成させるつもりなのだ。たとえ秩序がそれを許さないとしても、彼はそれをねじ伏せるつもりでいる。

傍観者にすぎない自分が暗い顔を見せてはいけないと思い、笑った。

「ふふっ、沢山採－れたっ。なににしようかなっ？　スープ？　ソテー？　グラタンもいいけど、材料がないなぁ」

「山を下りるなと言ったはずだ」

予想だにしない声に、ルナがびくっと体を震わせる。

彼女が振り向くと、そこにセリスが立っていた。

魔眼の視界から外れたため、急ぎ追ってきたのだろう。

「……ご、ごめんなさい……だって、バルファッバ山にはあんまりキノコがないから……美味しいでしょ、キノコ。ソテーもいいし、スープもいいし。毒キノコも、毒抜きできるから、大丈夫だわっ……」

「口に入れば、なんでも構わぬ」

すげなく言われ、ルナはしょげ返る。

「……でも……美味しいお料理を食べてもらいたかったから……」

一瞬の沈黙。

真顔のまま、セリスは言った。

「そうか。仕方のない」

「え？」

ルナが顔を上げれば、セリスはもう背を見せていた。

「戻るぞ」

「……うん」

セリスの後についていきながら、ルナは考える。

少し、いつもと違っている。いつもより、少し優しい気がした。

それが無性に嬉しくて、自然と笑みがこぼれてしまう。

「どうした？」

「だって、仕方のない、なんていつもは言わないから」

彼は歩いていく。

足早に進む彼に、置いていかれないようルナは追いかけた。

「そうか」

「うん」

不思議だった。

こんなときでも、こんな些細なことで心は弾む。

どうして自分はこんなにも、彼に心惹かれてしまうのか。

まだ名前も知らないのに、どうして？

考えても理由がわかるはずもなく、前を行くセリスの背中をルナは追いかけた。バルファッバ山の集落に着くと、彼女はすぐに料理の支度を始める。やっぱりここでも、いつもと様子が違った。

毎日、洞穴にこもっていたセリスが、なぜかその様子を眺めているのだ。

なにをしているのだろうか？

包丁の扱いは目を閉じていたって問題ないくらい慣れているのに、彼に見られていると思うと、どこかぎこちなくなってしまう。

なんだか顔が火照(ほて)っていて、三倍の量の野菜を切ってしまった。恥ずかしい。切りすぎてなんていないという風に装(よそお)って、切った野菜を鍋に移しながら、ルナはちらりとセリスの顔を見る。視線が合うと、恐る恐る彼女は尋ねた。

「……今日は、魔法の研究しなくていいの……？」

「終わったのだ」

短くセリスは言った。

「エレネシアが結果を持ってくる」

達観したようなその表情を見て、ルナは悟った。

「……そっか……」

なにを言おうか迷い、どんな言葉をかければいいのかを考える。

だけど──

「…………美味(おい)しい料理……作るね……」

考えて、考えて、沢山考えたけれど、結局、思いついたのは、そんななんの役にも立たないような言葉だった。

ぽつり、ぽつりと不吉な雨音が聞こえ始めた。

雨が降っている。聞き慣れた不吉な音が、耳について離れない。やがて、ひとひらの雪月花がそこへ舞い降りた。

光が放たれ、姿を現したのは少女の姿の神──創造神エレネシアである。

彼女を出迎えるため、外へ出たセリス。ルナもすぐに後を追った。雨の中、二人はその神と向かい合う。

　エレネシアはなにも言わない。

　ただ悲しげな表情をたたえるのみだ。

　雨音がみるみる大きくなっていった。

「失敗した」

　静謐な声で、エレネシアは言った。

「彼らの根源は、死の痛みを刻みつけられたまま、完全に滅び去ることもできず、この世の狭間で未来永劫苦しみ続ける」

「……嘘……………」

　呆然とルナが呟く。

　失敗は初めからわかっていたことだ。

　それでも、どうしても訊かずにはいられなかった。

「……どうにか、ならないの……？」

「《転生》は、世界に適合しない。その秩序を、最後まで覆すことができなかった」

　ルナは、セリスを振り向く。彼はいつも通り、厳しい面持ちを崩さない。けれども雨に濡れたその顔が、どうしてか、ルナには泣いているかのように見えた。

「では、次は俺の番だ」

　無言でエレネシアはセリスを見つめる。厳粛で、静謐で、それから慈愛に満ちた瞳だった。

「最後のヴォルディゴード。あなたは十分に戦った。もう勝算は残されていない。幻名騎士団の誰も、あなたが無謀な戦いに挑むことを望みはしない」

優しくエレネシアは言う。

「不可能に挑み、当たり前のように敗れた。亡霊にはふさわしい末路だ」

達観した声で、セリスは言う。

ああ、そうか、とルナは思った。だから、彼はいつもと違い、優しかったのかもしれない。自らの終わりを察していたから。

「俺が始めた戦いだ。敗れることが宿命づけられていようと、挑まぬわけにはいかぬ」

バチバチとセリスの右眼に紫の稲妻が走る。

《滅紫の雷眼》。

滅紫に染まったその雷の瞳に、彼は手をかざす。凝縮された雷のような魔法珠が、彼の手に移った。

その瞳から雷の力が消え去って、両眼ともに《滅紫の魔眼》となった。

紫電の魔法珠を、セリスは差し出す。それは彼の根源が有する電の源だ。イージェスと同じく、転生しても力を引き継げぬ可能性をふまえ、信頼できる者に預けていくつもりなのだろう。

雷とともに込められていたのは、彼の意思。最後まで戦い抜くという強い想いだ。エレネシアは、それ以上引き止める言葉を口にせず、魔法珠を受け取った。

彼は心を変えないと悟ったのだろう。セリスが洞穴へ向かい、足を踏み出す。ルナは咄嗟にセリスの袖をつかんでいた。

稲妻のような眼光が、鋭く彼女の顔に突き刺さる。

「ここは亡霊の集落ぞ。そろそろ日の当たる国へ帰るがいい。お前ならば、どこで暮らそうとも幸せを得られよう」

セリスが、彼女の手を振りほどく。

本当は、とっくにわかっていたはずだった。ここは滅び去っていく泡沫世界で、奇跡の象徴たる主神が存在しない。

なにより彼が敵に回しているのは、この小さな世界の秩序だけではなく、銀水聖海に遍くすべての秩序だ。

この広い海は、《転生》という魔法を許容しない。勝てないとわかりながら、滅びるのみと知りながら、それでも戦うことしかしない彼は、まさしく亡霊だった。奇跡など起きるはずがないのだから、滅び去るのは決まり切っている。

それなのに、彼に運命を夢見た。

振り向いてくれるはずもない彼に。

この宿命から、救ってくれるはずもない彼に。

自らの王子様であってくれればいいなんて、馬鹿な夢を見ていたのだ。

だけど――

「最後じゃないわ」

気がつけば、そんな言葉を口にしていた。

ルナの渇望が彼女に強く訴える。

いらない。

運命なんていらない。

宿命なんてどうでもいい。

救いたい。

すり切れていく彼を、自分が救ってあげたいのだ。

戦い続け、仲間を失い、それでも戦い抜くと決めた彼に、勝利を勝ち取って欲しいのだ。

だから、ずっとここにいた。

ありふれた日々も、幸せな家庭も、自分を愛してくれる旦那様も、彼のためなら、捨てられる。

捧げよう。ぜんぶ。

見返りは、なにもいらない。

なに一つ。

「次はわたしの順番。わたしに《転生》をかけて。きっと、うぅん、絶対、今度こそ上手くいくわ」

僅かに振り向いたセリスに、ルナは精一杯の愛を込めて笑いかけた。

「ね」

§44.【亡霊の花嫁】

「帰れ」

にべもなく告げ、セリスは再び歩き出す。

その背中を見ながら、ルナが思い出していたのは一番（ジェフ）の言葉だ。

『たとえば、亡霊の里に迷い込んだ生者を、日の当たる場所へ帰してやりたかった。だから、あなたに数字はつけず、皆、姫と呼んだのです』

『団長（イシス）は言ったでしょう。亡霊の言葉に価値はない、と。我々を理解したければ、観察し、推察するしかありませんよ』

『あなたを姫と呼ぶように言ったのは団長（イシス）ですよ』

ずっとそばにいただけじゃ、わからなかった。気持ちに寄り添おうとしても、まだ理解できなかった。彼らとともに歩むと決意して、様々な疑問が今、ようやく解けたような気がする。

「――帰れっていうのは」

ルナは言う。彼と同じ場所に立ち、その想（おも）いを精一杯汲（く）んで。

「あなたは無謀な戦いだとわかっているから。わたしを巻き込みたくないのね」

セリスは無言で歩いていく。

彼はなにも言わない。言えないのだ。この世界でしばらく過ごしたルナは、今が戦乱の時代だとわかっている。

多くの魔族、多くの人間、その他の種族たちが、皆戦火に身を投じている。憎しみと愛と、守る者のために。

そんな中、幻名騎士団はひどく異質で、彼らには守る者も、なすべきこともなかった。欲もなく、ただ戦うために戦う。

心は希薄で、仲間にすらどこか薄情で、ひたすらに亡霊で在り続けた。死ぬまで亡霊を演じるなら、その人は結局亡霊だ。

だけど、違う。きっと、違うはずなのだ。彼はルナを助けた。それが、ただの気まぐれだとは思えない。

彼らにはなにを犠牲にしても、必ず勝ち取らなければならないものがある。だから、すべてを捨てたのだ。

大切な者をそばに置けば、彼らの敵に狙われるだろう。情があることが知られれば、必ずつけ込まれる。だから、幻名騎士団は血を求める亡霊のように戦った。

それで守れなかったものも沢山あったはずだ。だけど、その方がより多くを守れると信じていた。

なぜなら、彼らの目的は――

「あなたは、本当は可能性を遺(のこ)したい」

ルナは言う。

「本当は平和が欲しいの。だけど、届かない。だから、次代のためにこの世界に《転生》を遺そうと思ったのね」

ルナはかつて、彼を狂気に突き動かされた化け物と形容した。

間違いだった。イーヴェゼイノに生まれた彼女の魔眼には、はっきりと見えている。彼は渇望に支配などされていない。

その揺るぎない意志は、幻獣さえも寄せ付けないのだ。

「いつか、誰かが、その夢を継いでくれるって信じてるの。滅びを覆すほど強くて、世界を平和にするほど優しくて、綺麗な心を持った人が、いつか生まれるって」

亡霊は語らず。その通り、彼はなにも語らなかった。ただ巨大な敵を求めているように思えた。

狂気の実験を繰り返し、世界に爪痕を遺したいだけにも見えた。秩序に逆らいたいだけのようにも。

だって、命をなげうっても彼らにはなにも残らないから。それは、人らしい生き方ではないと思っていたのだ。

違う。きっと、そうではない。確かに、残りはしないのだろう。それでも、彼が見たのは今じゃない。いつだって紫電が迸る鮮やかな魔眼は、遠い未来だけを見つめていた。いつか必ず自分の遺志を継いでくれる者が現れると信じて。

「きっと、その人も、平和の夢と引き換えに多くのものを失ってしまう。だから、あなたは《転生》を遺そうと思った。すべてを捨ててきたあなただから、未来の王様にはなにも失わない道を用意してあげたかったの」

ようやく気がついた。

なにも言えない彼の戦いに。誰にも理解されず消えていく亡霊たちの尊き理想に。弱みを見せず、情を見せず、己の幸せをすべて捨て、渇望すらもその意志の力でねじ伏せて、ただ未来にすべてを懸けた。

自らに関わりのないすべての命を、彼は愛している。この世界を愛し、いつか訪れるこの世界の遠い勝利を信じているのだ。

こんなにも孤独に、この人は戦っていた。

「……わたし、夫婦っていいよねって思ってたわ……」

生者は彼と並んでいくことができない。

幻名騎士団は、皆、己の幸せをなげうった亡霊たちだ。だから、振り返らないセリスに、彼女は笑顔で言ったのだ。

「楽しみにしてたの。きっと、いつか会えるって思ってた。世界はこんなに広くて、海はどこまでも広がっているんだもの」

遠ざかっていく背中は、なにも語りかけない。それが亡霊となった彼の精一杯の優しさだと、今のルナにはよくわかっている。

決別は、彼女の幸せを望んでのことだ。

「愛する人と一緒なら、ほんのちょっとのスープと固いパンがあればいい。豪華なドレスがなくたって、自分で縫ったツギハギのお洋服を着ればいい。二人で一緒に見られるなら、綺麗な宝石じゃなくても、小さなガラス玉が一つあればいい」

遠い昔、遠い海の向こうで口にした言葉。ルナの胸の内に燻り続けた決して消せない渇望。

「なにも、特別はいらない。ありふれた日々でいいわ。穏やかで、優しくて、楽しい、そんな家庭がわたしの夢だった」

だけど、と彼女は言った。

所詮夢は夢だったのだ。

「理想と現実は全然違ったの。故郷を追われて、命がけの大冒険。色んな人に助けられて、こんな遠いところまでやってきた。それでも宿命からは逃れられなくて……」

静かにルナは息を吸う。

「愛した人は、わたしに振り向きもしない亡霊だった」

セリスは立ち止まらず、洞穴へ向かっていく。

ルナは軽い足取りで、彼の背中を追う。

「あなたは誰かを愛することはないの。だって、あなたは誰も幸せにはできないから。情がないように振る舞って、義理がないように振る舞って、沢山沢山傷つけて、亡霊みたいに戦い続けるの。この世界に、たった一つ、平和の可能性を遺すために」

水たまりを弾むように歩きながら、ルナはセリスに追いついていく。

構いやしない。たとえ、彼がただの一度も愛の言葉を口にしなかったとしても。その戦いを止めることはない。

「いいじゃない。亡霊だっていいじゃない。幸せにしてくれなくてもいいじゃない。だって、わたし、そんなに弱くないもの」

彼女は駆け出し、ぴょんっと跳躍してセリスに並ぶ。彼の隣に、ようやく並んだ。

「勝手に幸せだから、そばにいさせて」

彼は無言だ。

「あなたの無言に優しさを感じて」

セリスが眼光鋭く、ルナを睨めつける。

その魔眼を、彼女は指さす。

「あなたの瞳に楽しさを感じて」

「愚かな女だ」

ふふっ、とルナは笑みをこぼす。

「あなたの拒絶に、愛を感じるの。ねえ。あなたは亡霊だけど、わたしの頭はお花畑よ。いいじゃない。相性ぴったりだと思わない？」

両手を組み、名案を思いついたという風にルナは微笑みかける。

「思わぬ」

「そうだよね。ぴったりどころか、運命だよねっ」

あまりに強引な解釈に、さしものセリスも足を止めた。ルナは嬉しそうに満面の笑みを浮かべている。

「あなたが捨てる渇望を、後ろから拾い集めていってあげるの。わたしは、日の当たる場所へ帰る姫なんかじゃない。暗い地獄の底で、能天気に笑ってる、亡霊の花嫁だわっ」

　ルナはセリスを追い越して、くるりと振り返る。それから、そっと自らの腹に手を触れた。

「わたしの胎内にね、一本の聖剣が刺さってるの。人の名工が鍛え、剣の精霊が宿り、神々が祝福した。この世界の秩序に支配されない、宿命を断ち切る聖剣。世界を滅ぼす子供を産む宿命から、わたしを解放してくれるはずだった」

　エレネシアがその神眼を光らせ、ルナの胎内を覗き込む。

「だけど、駄目だったわ。うぅん、駄目だと思ってた。きっと霊神人剣はわたしを導いてくれたの。わたしの運命に」

　まっすぐセリスの魔眼を見つめ、ルナは言う。

「生まれ変われば、きっとわたしは今度こそ宿命から逃れられる。それなら、霊神人剣は今の秩序を斬り裂いて、《転生》に味方してくれるはず。幻名騎士団のみんなも永遠の苦しみから解放されて、生まれ変わるわ」

　あくまでルナの希望的観測だ。それでも、試してみる価値はあるはずだった。

「彼女の胎内に、強き神の力を宿す聖剣が刺さっているのは事実」

　エレネシアが言う。

「けれども、神の力は根本的には私と同質。秩序に味方するものであっても、それを覆すものではない」

　セリスは言った。

「運命は人を裏切るものだ」

「俺は信じぬ」

「裏切らないわ。だって、わたしの運命はあなただもの」

にっこりと彼女は微笑(ほほえ)む。

「話は簡単だと思うの。わたしに《転生(シリカ)》をかければ、霊神人剣が味方してくれるかもしれない。この聖剣の力は、エレネシアちゃんでもはっきりとはわからないでしょ？」

セリスが僅かに視線を傾ければ、創造神は静かにうなずいた。

彼女は、なぜその深淵(しんえん)を覗(のぞ)けないのか、不可解そうに神眼(め)を凝らしている。

「ほら、ちょっとだけ可能性があるわ。《転生(シリカ)》が成功する可能性。あなたは幻名騎士団として、沢山の生者を滅ぼしてきた。それなら、冷酷なフリをして、わたしに《転生(シリカ)》をかけるべきじゃない？」

可能性は著しく低い。本当に霊神人剣がそんな奇跡を起こすのか、彼女自身にもわからない。

失敗すれば、末路は一番(ジェフ)たちと同じ。未来永劫(えいごう)滅ぶことなく、生と死の狭間(はざま)で苦しみ続ける。

けれども、ルナは微塵(みじん)も迷いはしなかった。これだけが、ただ唯一、彼の隣にいられる道なのだ。

「亡霊に伴侶は不要」

セリスは振り向き、ルナに告げる。

「生者には生者の道があるものだ」

それがなんなのだ、と彼女は笑い飛ばした。

「どこかの王子様が蜜のように甘い言葉をかけてきたって、あなたの剣に刺される胸の痛みの方が何万倍も素敵だわ」

うっとりとした表情で、ルナは覚悟を見せる。セリスは呆(あき)れたように嘆息した。

「馬鹿め」

「うん。きっと、生きているのに亡霊になったあなたと同じぐらい」

彼は表情を崩さず、魔法陣を描く。その中心から、万雷剣ガウドゲィモンを引き抜いた。ルナの体に《転生(シリカ)》の魔法陣が描かれる。

「思い残すことはあるか？」

「ないわ」

亡霊たちと同じように、ルナは迷いなく言った。

「だって、あなたがまっすぐわたしを見てる。初めてね」

セリスを受け入れるように、ルナは両手を広げた。

「できるだけ、ゆっくり殺して」

セリスはゆるりと歩を進め、彼女の目前で立ち止まった。見つめ合ったのは僅かに数秒。雨音を斬り裂くように、雷が鳴った。振り抜かれた万雷剣により、ルナの体が紫の粒子と化して消えていく。

微笑(ほほえ)む彼女は、じっとセリスの顔を見つめていた。瞳に焼きつけるように、瞬(まばた)きもせず。

「――最期(さいご)だ。名を聞こう」

不思議そうな表情を浮かべる彼女に、セリスは言った。

「お前の名だ」

「……ルナ・アーツェノン……」

その魔眼に、彼女はぼーっと見とれ、そのまま尋ねた。

「……あなたの名前は……？」

「セリス・ヴォルディゴード」

頭をよぎったのは、ルナが自ら口にした問い。

……結婚するとき、不便じゃないの？　名前知らないと……

亡霊に名は不要。いつもそう言っていた彼が、ルナに自ら名乗ったのは、たぶんそういうことなのだろう。

「とうに捨てた名だ」

「じゃ、それもわたしが拾っていくね」

セリスはそれ以上を口にすることはない。

それで彼女には十分だった。

「すぐに忘れる」

「雨の音が聞こえていたの」

微笑みながら、ルナは言った。

セリスには意味がわからなかっただろうが、彼女の体は消えていく。

もう魔力も殆どない。

《思念通信》が使えるかわからなかったが、彼女は必死に思念を飛ばした。

——雨音が聞こえていた。

――不吉な音が、ずっと、ずっと。

だけど、あなたと初めて会ったとき、それが止まったわ。
思い返すのは、鮮やかな紫電の瞳。
己の渇望をねじ伏せるほどの強い意志に、心を奪われていた。
代わりに雷の音が耳から離れなくなった。
今だって、その音がわたしの心臓と一緒に、ずっと鳴り響いている。
一目惚れだったのだろう。
冷たい運命に、それでもどんどん惹かれていった。
自分を殺して、未来のために戦い続けてきた彼が、今は愛おしくてたまらない。

――結婚なんてしなくていい。
――ありふれた家庭もなにもいらないの。
――あなたが教えてくれた名前でわたしは十分。
――戦うわ。わたしは戦う。あなたと一緒に。
――お願い、霊神人剣。
――このお胎から、子供を産む宿命を断ち切ってもいい。
――未来の幸せをぜんぶ斬り裂いてくれてもいい。
――わたしは生まれ変われなくたっていいわ。

――その代わり。どうか、どうか。

――どうかお願い。

――戦い続ける彼の過酷な日々を、ここで終わりにしてあげて。

――未来はきっと、誰かと笑顔に。

§45.【求婚】

時は移ろい――

エレネシア世界は潰え、ミリティア世界へと生まれ変わった。

かつての亡霊と姫の想いが届き、霊神人剣が宿命を断ち切ったか、あるいはそれ以上の奇跡が重なったか、その世界には樹理四神を始めとする輪廻の秩序が存在していた。

その秩序と魔法律により、セリス・ヴォルディゴードが目指した《転生》は、当たり前のように完成を果たしたのだ。

それから、幾星霜を経て――

神話の時代。魔族の国ディルヘイドに一人の女の子が生まれた。

その時代では転生する魔族は珍しくなかったが、両親は当初彼女が転生者だとわからなかった。魔力はさほどではなく、普通の赤子にしか見えなかったからだ。

唯一の片鱗は、生まれたときから雨音が嫌いだということ。雨が降る度に、その子は大きな声で泣いて、どれだけなだめすかしても泣き止むことがない。

けれども、不思議なことに雷が鳴り響くと、きゃっきゃきゃっきゃと声を上げて喜ぶのだ。

両親の愛のもと、女の子は健やかに成長していく。そして、彼女が言葉を覚え始める頃、ルナという単語を口にすることが多くなった。

最初は誤って発音しているのだと両親は思っていたが、やがてそれが彼女の名を指していることに気がつく。

それが前世の名だとすれば、彼女には転生者の可能性があった。しかし、ルナは姓を覚えておらず、前世の記憶も朧気だった。

従来の《転生》ならば、前世の記憶は転生の完了とともに戻るはずだ。だが、不思議なことに、ルナは成長とともに少しずつ記憶を思い出していった。

六歳になる頃、ようやくはっきりしたのは彼女が遥か昔の世界に生まれたということ。強大な魔力を持つ魔族は、一〇〇〇年、二〇〇〇年単位で転生することは珍しくないが、彼女の故郷の記憶はディルヘイドのどこにも当てはまらない。

ルナが思い出したラーカファルセイトという国の名は、歴史書にさえ記されていなかった。記録に残されないほど太古の昔、ルナが当時は不完全な《転生》にて転生したものと両親は結論づけた。

そうして、日々、新しい記憶を思い出していくことに戸惑っていた彼女に、父と母は転生についての説明を行う。

すると、ルナは涙を流した。理由を尋ねても、「わからない」と彼女は言う。

悲しいわけではない。だが、記憶を忘れたルナにはそれがわからず、ただ涙をこぼすことしかできない。わけもわからず泣き続けるルナを、母と父は優しく抱きしめてくれた。転生者とその実の両親は、通常の親子とは違い、一線を引いた関係になることも多い。

前世の記憶があるためだ。

だが、親子関係が完全に破綻することはさほどなかった。いつか自分も転生することがあると思えばこそ、転生してきたその子をありのままに受け入れるという文化が育っていたのだ。

成長とともに少しずつ記憶を思い出していくルナは、ずっとなにか大事なことを忘れているような気がしていた。

誰かを捜さなければならなかったように思うのだが、記憶にはいつももやがかかっている。

代わりに強い衝動があった。責め立てるような、脅迫するような、そんな渇望（かつぼう）に突き動かされ、家を飛び出そうと思ったことは数知れない。

だが、転生が不完全だった子供が一人外へ出て生きていけるほど、その時代は甘くはなかった。

エレネシア世界と同じく、戦乱は長く続いており、力ない魔族は簡単に死んだ。両親は決して強い魔族ではなかったが、耳が早く、遠くを見通す魔眼（め）を持っていたため、生き延びることができた。

彼らが暮らしていたのは、大食王（たいしょくおう）バルマンが治める農耕都市デルアーク。バルマンはその二つ名に相応（ふさわ）しく、桁違いの大食らいであり、デルアークで生産されるすべての食料を一人で食らい尽くす。

肥沃で広大な大地、住民のすべてがなんらかの食物を生産する農民にもかかわらず、デルアークの住人は常に飢えている。大食王バルマンが税として、生産した食料の殆どを徴収してしまうからだ。

だが、それと引き換えに、デルアークは、神話の時代でも屈指の実力者であるバルマンの庇護下にあった。

食料を差し出してさえいれば、デルアークの民たちは他の凶暴な魔族から守ってもらえる。満腹のときのバルマンは、温厚で慈悲深かった。両親の力では、子供を連れて、戦乱のディルヘイドを生き延びることは難しい。

それゆえ、飢えるのを覚悟で農耕都市デルアークへやってきたのだ。いつもルナの家の食卓に並んでいたのは、パンが二切れとじゃがいもが一個だけ入ったスープだ。

「ごめんな、ルナ。今日もこんなものしかなくて」

申し訳なさそうに父が言う。

「さあ、冷めない内にお食べ」

笑顔で母が言う。

「おとーさまとおかーさまの分は?」

ルナが尋ねれば、にっこりと二人は笑う。

「いいんだよ、今日はもう食べたから」

「ほら、ルナ。早く食べて。バルマンの兵に嗅ぎつけられたら、大変なことになるわ」

父と母は、隠し通した数少ない食料の殆どを娘のルナに与えていた。何日も食べず、どれだけ飢餓に襲われても、土を胃に入れて空腹をしのぎ、彼女が成長するのを待った。

歯が折れそうなぐらい固いパンと、味気ないスープを、ルナは一生忘れることはないのだろう。

「美味しいわ」

彼女がそう言うと、両親は嬉しそうに笑った。

「よかった。ルナが大きくなったら、この街から一緒に出よう。そうしたら、もっと美味しいご飯を食べさせてあげられるからね」

一人食事をとるルナを、母と父は穏やかに見つめ、繰り返しそう言って聞かせた。

いつも飢えていたはずなのに、そんな姿は微塵も見せず。それは両親の愛であり、優しさだった。衝動に従い、いるかどうかもわからない誰かを捜しに行ってはいけないのだと彼女は漠然と思った。

良い子でいなければならない。

母と父が笑顔でいられるような子供でなければならない。この穏やかな家庭は決して壊してはならないのだと、ルナは自分に言い聞かせる。

そうして、また月日は流れ、彼女がまもなく一五歳になる日のこと――

農耕都市デルアークに、不穏な空気が漂っていた。

「ルナッ、ルナ、いるかっ？」

畑仕事をしていた父が、慌てて自宅へ戻ってきた。

「ルナッ、どこだっ？」

屋根裏で寝ていたルナが、眠たそうに下りてくる。

「ああ、よかった」

「どうしたの、お父様？」

ルナが尋ねると、父は真剣な顔でこう言った。

「しばらく家から出ない方がいい。デルアークは戦場になる」

「……本当に？　大食王様の領地に攻め入ろうとする魔族なんて……？」

「奴(やつ)らは血に飢えた亡霊だ。死を厭(いと)わず、ただ狂気のままに敵を滅ぼす。名前すら持たない化け物たち。どちらが勝つにしても、農耕都市の被害は避けられない」

「名前のない、亡霊……？」

ルナは呟(つぶや)く。なぜか、その言葉が彼女の胸に強く響いたのだ。

「幻名騎士団」

唐突にそんな言葉が頭に蘇(よみがえ)った。

「ああ。知ってるなら話は早い。そういうわけだから、とにかく家から出ないようにっ。すぐに戻る。絶対だぞ！」

父は飛んでいった。

母を呼びに行ったのだろう。

ふいに衝動が彼女を突き動かし、扉に手をかける。両親の顔が頭をよぎったが、次の瞬間、気がつけばルナは家から飛び出していた。

会いたい。

なにかが強く訴えかける。

会いたかった。

一歩足を踏み出す度に、その気持ちが強くなる。

彼に会わなければならないと思った。

名前も、顔も知らない。

彼が何者かもわからない。

けれども、会えば、きっと思い出すはずだと思った。

心だけは、こんなにも彼を覚えている。

父の言いつけすら破って、走り出すほどに。

街から出たルナは、その亡霊たちを捜した。だが、影も形もない。捜索を続ける内に、日は暮れてしまい、完全に闇夜になった。

亡霊たちはどこにもいない。

ルナは一息ついた。そうして、ようやく落ち着きを取り戻すと、家に引き返した。

父と母が心配しているはずだ。

彼女は《思念通信(リークス)》を送る。だが、応答がなかった。

『……お父様？　お母様……？』

胸騒ぎがした。

不安を押し殺し、ルナは飛んだ。

嫌な予感が頭から離れない。急いで、急いで、可能な限り急いでルナは家に戻った。

扉を開き、中へ入る。真っ先に目に飛び込んできたのは、血だまりの室内——椅子に座った父と母が、一〇本の聖剣で体を貫かれている。

死の匂いが充満し、目の前がチカチカと明滅した。

「お父様っ！　お母様ぁあっ!!」

ルナが叫ぶ。

だが、その声は空(むな)しく虚空(こくう)へ消えた。父と母の根源はもうそこにない。

「偽りの家族が死したのが、そんなに悲しいか？」

足音が響く。闇の向こう側から一人の男が現れた。

不気味な姿だ。まるで別人の体をつなぎ合わせたかのように、腕や足、体や魔眼(め)に統一感がない。その男は、まるで死体が動いているような印象を漂わせていた。

「……誰……なの……？　どうして、お父様とお母様を……っ……!?」

「私は幻名騎士団である」

ルナは呆然(ぼうぜん)とその男の顔を見た。

「……違うわ……！」

根拠はなにもない。

だが、言葉が自然と口を突いていた。

「あなたは幻名騎士団の誰でもないっ！　あの人たちは、絶対にこんなことはしないものっ！」

感情のままにルナが言い放つ。すると、男はまるで部品のように右の手首を外した。その切断面から、赤い糸が伸びる。鋭い針と化した《赤糸》が、ルナの胸を貫通した。

「あ……ぅ…………！」

《赤糸》を彼女の根源に絡みつかせると、男は魔法陣を描き、そこから《記憶石》を取り出した。

「あなたの母と父を殺したのは、幻名騎士団。だが、心配することはないのである。あなたは正しき家族を取り戻すのだから」

《赤糸》の反対側が、《記憶石》に絡みつく。男が魔力を注ぎ込み、その権能を発揮しようとした、まさにその瞬間であった。

空から紫電が走ったかと思えば、家が丸ごと消し飛んだ。その男の四肢は、一瞬にして、剣で切り刻まれたかのようにバラバラになっていた。

バチバチと紫電が辺りに走っている。

「あ…………」

ルナはその目を見開いた。視界に映ったのは、雷を纏い、万雷剣を携えた一人の魔族。セリス・ヴォルディゴードだった。

「……そちらからやってくるとは、捜す手間が省けたのである」

切断された胴体から伸びる《赤糸》が四肢を引きつけ、バラバラになった五体が再び一カ所にまとまる。

むくりと起き上がった男は、魔法人形を彷彿させた。

「いかにこの体を斬ろうとも、この運命の赤い糸は決して切れはしないのである。この数百年間、私から逃げ続けていたのをもう忘れたか？」

男が手を突き出す。一〇本の指から伸びた《赤糸》が、セリスに向かって襲いかかった。

「《波身蓋然顕現(ヴェネジアラ)》」

セリスは万雷剣を球体魔法陣に突き刺す。同時に、九つの可能性の刃が、九つの可能性の球体魔法陣を貫いた。耳を劈(つんざ)く雷鳴と、その場を覆いつくすほどの紫電が溢(あふ)れる。

天は轟(とどろ)き、地は震撼(しんかん)し、ありとあらゆるものが魔力の解放だけで消し飛んでいく。

ただ唯一、彼の真後ろにいたルナだけが、なんの影響も受けなかった。セリスが万雷剣を天にかざせば、合計一〇本の剣身から糸のように細い紫電が上空へ走った。

それは、《赤糸》を斬るために編み出された魔法。ただ一つの運命を結ぶ《赤糸》に対して、無限の可能性を切り開く滅びの刃だ。

「《滅尽十紫電界雷剣(ラヴィア・ネオルド・ガルヴァアリイズエン)》」

大空から、一〇本の剣めがけ、滅びの紫電が落ちてきた。天と地をつなぐ柱の如(ごと)く、それは一振りの刃と化す。

セリスが踏み込み、万雷剣が振り下ろされる。空を引き裂くような音が遠くどこまでも響き渡り、滅びがそこに落雷した。

「なっ――――!?」

男が紫に染められ、一〇本の《赤糸》が消し飛んでいた。

「ごっ……があぁぁっ……がああああああああああああああぁぁぁぁぁ………!!!　これ、

しきぃぃでぇぇぇっ……」

農耕都市デルアークが紫電に照らされる。魔法人形の男はそれに対抗するべく、恐るべき魔力にて反魔法を展開した。

一瞬盛り返したかに見えたのも束(つか)の間、男の体がボロボロと崩壊を始めた。自身の魔力に、体がついていかないのだ。

あっという間に五体が崩れ去り、体をつなぎ止める赤い糸が剝(む)き出しになる。体が耐えきれず、反魔法が消え去った瞬間、紫電の刃が《赤糸》を悉(ことごと)く焼き切った。

四肢は瞬(また)く間に消滅し、男の首だけがそこに残る。

「……お、のれぇぇ……おのれぇ、おのれぇ、おのれぇぇぇっ！　所詮は泡沫(ほうまつ)世界の住人の体かっ……！　人形よりも脆(もろ)いとはっ……！」

セリスは男の首の前に立ち、万雷剣を振り上げた。

「貴、様……貴様ぁぁ……！　セリス・ヴォルディゴードォォォォッ!!　これで勝ったと思うなよ。《偶人》ならば、本気を出せれば貴様如(ごと)き、ものの数ではな――がっ……」

容赦なく万雷剣が振り下ろされ、紫電とともに首は消滅した。魔眼(めめ)を向け、敵の無力化を確認すると、セリスは魔法陣の中に万雷剣を納める。

ゆるりとルナを振り向くと、彼は歩き出す。そうして、黙って彼女とすれ違った。その瞬間、はっとルナの頭に前世の記憶がよぎった。

思い出したのは、なにも言えない彼の宿命。

亡霊は語らず――

《転生(シリカ)》は成功した。だが、彼の過酷な戦いは、まだ終わっていないのだ。

「ありがとう」

セリスは足を止める。

「勘違いするな、女」

ルナの父と母を見殺しにした。

そう言いたいのだろう、とルナは思った。

「二人にはきっと、またいつか会えるわ。あなたがこの世界にくれた《転生(シリカ)》の魔法があるんだもの」

ルナを一瞥(いちべつ)すると、セリスは再び歩き出す。

振り向きもしない。

足を止めもしない。

言葉もくれない。

それでも、遠い昔、彼女は確かに誓ったのだ。この人が自分の運命で、彼に勝手についていくのだと。ルナはなにも言わず、当たり前のようにセリスの横に並んだ。

「強い母体が必要だ」

ルナの顔を見ることもなく、彼は言う。

「俺の子を産め」

産んではならない事情があったような気がした。

その記憶は、今ももやがかかっている。

だけど、構わない。

きっとそれが彼の求婚なのだと思ったから。温かい家庭を求めていたルナに、たった今、家族を失ったばかりのルナに、可能性をくれようとしているのだ。

なにも言ってはくれないけど、きっと――

「うん」

感謝をいっぱいに示しながら、彼女は亡霊に笑いかける。

笑い返すことのできない彼の分まで、笑ってあげようと思ったのだ。

§46. 【消せなかった渇望（かつぼう）】

なにも言えない彼の戦いに、寄り添い続けようと思った――

ディルヘイド。亡霊たちの村落。

その住居の一つに、身重となったルナの姿があった。

十月十日が過ぎ、普通ならばとっくに産まれている時期ではあったが、いつまで経（た）っても陣痛は始まらない。

その代わりに、ルナは日に何度も胎動を感じていた。

胎内で赤子が動く。それが滅びを伴い、黒き粒子が彼女の内側で渦巻いた。並みの母胎ならば、一瞬で滅び去っただろうが、しかしルナは一瞬苦しげな吐息をこぼすに留まる。

まだ彼女はその記憶を思い出してはいないが、災禍の胎が赤子の滅びを呑み込んでいるのだ。

「よしよし、アノスは今日も元気ね」

膨らんだ自身の腹を、ルナは優しく撫でる。赤子に伝わったか、再び胎動を感じた。

「いつお外に出たいかなぁ？　まだお母さんのお腹の中がいいの？」

ルナはお腹の中の赤ん坊に話しかける。

この一時が、彼女はなによりも好きだった。

「あのね、アノスはヴォルディゴードの血族だから、滅びの根源を持ってるんだって。滅びの根源って言ってもわからないかなぁ？　すっごく強いのよ？」

赤ん坊に笑いかけるように、ルナは言う。

「頑丈な母体じゃないと、産む前に死んじゃうらしいんだけど、大丈夫。お母さんはこう見えて、けっこう強いみたい。ちゃんとアノスを産んであげるから、心配しないでいつでも出てきていいからね」

「どうだろうな」

セリスが部屋に入ってくる。

彼がここへ来るのは数日ぶりだ。身重のルナを置いてどこへ行っていたかと言えば、戦場である。ディルヘイドで起きた紛争に顔を出し、その首謀者二人を斬り捨ててきた帰りだった。

説明もなく突然出ていったセリスを、けれども彼女は満面の笑みで迎えた。

「おかえりなさい、あなた」

「ヴォルディゴードの子を宿した母は、胎動とともに衰弱していく」

セリスはルナに近づき、そのお腹に手をやった。魔眼を光らせ、彼は胎内にいる赤子の深淵を覗く。

「滅びの根源は、生誕に反す。胎児には死と滅びが栄養なのだ。母体が滅びに近ければ近いほど、ヴォルディゴードの子が産まれる環境が整う。胎動が滅びの力を伴うのはそのためだ」

「でも、わたしは平気よ？　少し体が辛いこともあるけど」

不思議そうにルナが言った。

「それだけ、お前は母体として強靱ということだ。俺の母も強い母体の持ち主だったが、今ぐらいの時期には声を発することすらできなかったと聞く」

「……じゃ、わたしぐらい母体が強い人は、どうやって産むの？」

「前例はない」

それを聞き、ルナはほんの少し暗い表情を見せた。

「……わたしの前世に関係あるのかな？……」

セリスは答えない。

ルナの表情がますます曇った。

「まだ思い出せないけど、でもね、漠然と不安があるの。アノスが悪い子になるんじゃないかって。もしかしたら、産んじゃいけないんじゃないかって。その気持ちが、どんどん強くなって……」

「思い上がるな」

彼女の不安を、セリスが一蹴する。

「お前が産むのは、お前の子ではない。ヴォルディゴードの子だ。善も悪もない。たとえ、お前の子がこの世界を滅ぼす宿命をお仕着せられようとも、ヴォルディゴードの滅びの根源はその宿命すらも滅ぼす。我が血族が、滅びの王だ」

苛烈な言葉を放つセリスの瞳に、ルナは視線を奪われる。

もしかしたら、彼はまだ思い出していないルナの前世を知っているのかもしれない、そんな風に彼女は思った。

知りたかったが、尋ねても、答えはくれないだろう。前世のことを口にしないのは、二人の間で暗黙のルールとなっていた。

「そうよね。どんな子になるかなんて、わたしたちの育て方次第よね」

ルナは笑みを浮かべた。

セリスは自分のために、そう言ってくれたはずだ。

不安に思わなくてもいい。運命に負けない強い子になる。きっと、そういう意味のはずだから。どうしてここまで徹底して彼が亡霊を演じるのか、それは今のルナにはわからない。

前世の自分にも、はっきりとはわからなかったのかもしれない。

ただルナは思うのだ。

彼は自分を押し殺し続けているからこそ、亡霊でいられるのではないかと。その瞳はいつも遠い未来を見据え、今ではなく未来の可能性のために戦っている。誰も見ていないこの場所で、本音を少し口にしたところで、それにつけ込めるほどの魔族は滅多にいないだろう。

だけど、ほんの僅かでも情を見せてしまえば、もう亡霊には戻れないのかもしれない。彼は誰より強く、なにより厳しく、そして本当はひどく脆いのだ。亡霊であり続けなければ、自分を押し殺し続けていなければ、生者であることを思い出してしまう。

仲間すら平気で見殺しにできる幻名騎士団の長、他者を滅ぼすだけの狂った亡霊だと皆は言うが、実際は違う。

助けたくて仕方がない。守りたくて仕方がないはずなのだ。本心に蓋をするために、彼は常に狂った亡霊を演じ続ける。

その優しさが溢れ出さないように。

「ねえ。邪魔になったら、わたしのことも滅ぼす？」

「愚問だ」

ふふっとルナは笑った。

「なにがおかしい？」

「おかしくないわ。あなたの足枷にならないのが嬉しいの。いいじゃない？　あなたに見捨てられたら、そのとき、わたしは本当に亡霊の妻になれる気がするの。それって素敵なことじゃない？」

セリスはただ冷めた視線をルナへ送る。

「守らないでね、絶対。わたしはあなたにだけは守られたくない」

言わずとも、彼がルナを守ることはないだろう。

それでも、自ら望んだことだと伝えておきたかった。魂をすり減らしながらも戦い続ける彼の心に、自分だけは傷痕を残したくなかったのだ。

「馬鹿め」

セリスは立ち上がり、踵（きびす）を返す。

「ここはじきに引き払う。エドナス山脈にあるツェイロン家の集落へ行け。奴（やつ）らはお前に恩義を感じている。出産までは面倒を見てくれるであろう」

振り返りもせず、セリスは部屋を出ていく。そんなことはとっくの昔にわかっているルナは、当たり前のように彼を送り出した。

「行ってらっしゃい、あなた。気をつけてね」

ドアが閉められた。

ルナはすぐに支度をして、ツェイロン家の集落へ向かう。

道中は一番（ジェフ）に護衛をしてもらい、何事もなく到着した。

ツェイロンの血族たちとは以前、懇意にしていた。セリスが言った通り、ルナは彼らを助けたことがあり、ツェイロンの魔族は皆、彼女に恩義を感じている。突然訪れたルナを彼らは歓迎し、身の回りの世話を買って出てくれた。

最初は料理ぐらいは手伝おうと思っていたが、日に日に胎動が強くなり、彼女の体が衰弱し始めた。滅びの力がどんどん強くなり、彼女の胎内を蝕（むしば）んでいくのだ。

次第にルナは体を起こすことさえやっとというほどになり、一日の大半をベッドで過ごすようになった。

そんな、ある日のことだった――一人の男がルナの部屋を訪ねてきたのは。

「やあ」

その男の表情は、一言で言えば虚無だった。薄く微笑んでいるにもかかわらず、心はまるでそうは見えない。なにを考えているのかまるでわからなかった。

「初めまして、亡霊の花嫁」

なぜだろうか。物腰の柔らかい彼の挨拶を聞き、ルナは嫌な予感がした。なんでもない言葉一つに、胸がざわつく。

「一つ尋ねたいのだけれど」

薄気味悪い声に反応し、胎動が響いた。

「君が死んだら、セリス・ヴォルディゴードは本当の顔を見せてくれると思うかい？」

瞬間、ルナは体に鞭打って、ベッドから飛び起きた。

彼は敵だ。それも、どこからか、セリスの名を知るほどの。ルナは素早く《真闇墓地》の魔法陣を描く。だが、その魔法陣から放たれたのは真白の光、発動したのは《枷結界封絶》だった。

「な、にっ……？」

光が手足にまとわりつき、手枷、足枷に変化する。あっという間に光の枷が、ルナの手足を拘束し、その魔力を封じた。

その男――グラハムの隣に姿を現したのは、幼い男の子。ツギハギの服を纏い、一本の羽根ペンを握りしめている。狂乱神アガンゾンだ。その権能にて、ルナが描いた魔法陣を改竄し、彼女を縛りつけたのだ。

「試してみよう」

《創造建築（アイリス）》で牢獄（ろうごく）が作られ、彼女はそこに閉じ込められる。

「出してっ……！」

グラハムは薄く微笑（ほほえ）み、去っていった。《枷結界封絶（デ・グレバイド）》は時間とともに消えるが、衰弱したルナに、そこから抜け出す術はない。

ほどなくして、人間の兵がやってきてツェイロンの集落を占領した。グラハムはそこでツェイロンの血族たちを解剖し、おぞましい魔法実験を始めたのだ。

ルナは助けを期待しなかった。

彼は来ない。

来たとしても、自分を助けることはない。

ゆえに、やるべきことは一つだけ。滅びに近づく母体で、己の身に宿した愛（いと）しい我が子を産むことだった。

覚悟を決めたルナはひたすらに機会を待つ。

そうして、とうとうそのときがやってきた。

「きゃあぁっ……！」

集落の広場に連行されたルナは、蹴り飛ばされ、地面を転がった。魔族に恨みを抱く人間の兵たちが、憎悪（ぞうお）に任せて彼女をいたぶり始めたのだ。

お腹（なか）だけは必死に守りながら、ルナは感じていた。

幻名騎士団がここへ来ている。隠蔽魔法に優れる彼らの居場所は、並みの魔族には見通せない。けれども、なぜか彼女の魔眼（め）にはそれがなんとなく見えるのだ。

未来を願う、彼らの微かにこぼれる渇望が。セリスが今、どんな想いでこの光景を見ているかと思うと、胸が詰まった。

ちょうど、そのときだ。お腹の子が――アノスが、怒りを発するかのようにその滅びの力を周囲にまき散らし始めた。

救うわけにはいかないセリスの代わりに、母を守ろうとするように。ああ、きっと、この子は優しい子に育つ。

ルナはそんな風に思った。

瞬く間に、その場にいた人間たちは皆、灰へと変わった。

「素晴らしいね。ヴォルディゴードの血統、滅びの力。まるで世界の理から外れているようだよ」

グラハムが言う。

「母胎の滅びが近くなったことで、魔力が増したといったところかな？」

彼の魔眼がルナへと向けられる。

すると、彼女の前に漆黒の炎が現れ、壁を構築した。

まるで母を守るかのように。

「……アノス……」

ルナが呟く。

「いいのよ……いいの……あなたは産まれることだけに力を使って……お母さんが必ず、産んであげるから……」

「美しいね。子を守る母の愛情。命を賭（と）して、君は彼を産むんだろう」

グラハムは言った。

「母胎が滅びることで、彼は生を得ることができる。滅びの宿命を背負って」

漆黒の炎がすべて消えた瞬間、ルナはグラハムへ向かって駆けた。

その周囲に暗闇が広がり始める。

「《真闇墓地（ガリアン）》」

ルナの魔法により、光の一切届かない暗黒がそこに訪れる。

「困ったね。なにも見えないじゃないか」

視界のない静寂の中——グジュ、と命の終わる音がした。

グラハムの手がルナの腹を斬り裂いていたのだ。

「……あ………」

がっくりと膝をつき、彼女は倒れる。

それでもお腹（なか）を守るように手をやって。

「あなた……後は……」

瞬間、その暗雲から雷が落ちるが如（ごと）く、紫電が疾走し、ガウドゲィモンがグラハムの心臓を貫いていた。

ジジジ、と激しい紫電がグラハムの体内で荒れ狂う。その根源めがけて、セリスはありったけの滅びの魔法をぶつけた。

「《滅尽十紫電界雷剣（ラヴィア・ネオルド・ガルヴアリイズエン）》」

膨大な紫電がグラハムの体を、その根源を消滅させた。

セリスは魔眼を光らせ、周囲に視線を配る。脅威はもうない。それを冷静に確認した後、セリスはゆるりと倒れているルナのもとへ歩いていった。

「あなた……」

彼女は息も絶え絶えに言葉をこぼす。

その姿を、セリスはただ無言で見つめた。

ああ、これで最後なのだろう。

ルナは悟った。

最後だから、こうして見つめてくれているのだ。

「……なにか、言うことはないのですかっ？」

一番が、彼のもとへ歩いてくる。

「最後に、なにか言ってあげてくださいっ！　師よっ！　滅びゆく者にぐらい、せめて情けをっ！」

彼はいつも優しい。それに亡霊には向かない子だ、とルナは思う。朧気な前世の記憶でも、似たようなところがあったような気がする。

「亡霊の妻に、それは望んでなったのだ」

その言葉が、なによりのはなむけだった。

きっと、わたしと彼にしかわからない。

初めて妻と呼んでくれた。ちゃんと彼の妻であり続けることができた。

それが嬉（うれ）しかった。

「いいのよ、一番（ジェフ）。わたしは幸せだった」

「……しかし、奥方様……それではあまりに……」

ゆっくりとルナは首を振る。今はわからないかもしれない。一番（ジェフ）は前世の記憶を忘れている。

「滅びの根源がね、ヴォルディゴードの血統……産まれるのは、それに反しているの……だからね、なにかが代わりに、死ななきゃならないの……ヴォルディゴードの妻となった者の宿命なのよ……」

きっと一番（ジェフ）も、いつかセリスの真意に気がつくだろう。

彼の悲しい戦いに。

「……滅びる母胎が……アノスには一番……。これでいいの」

看取（みと）ってくれるなんて思わなかったな。

そう思ったら、涙と笑みがこぼれた。

「……ありがとう……」

そばにいさせてくれて。

あなたの子供を産ませてくれて。

亡霊の妻らしく逝（い）かせてくれて。

ありがとう。

「……アノス。生きて、誰よりも強い子になって……お父さんを、助けてあげてね……」

もう声を出すことはできない。

彼女の胸の中に、最後の想(おも)いが溢(あふ)れかえった。

――いつか、夢見た家庭とは全然違ったな。

――この子を育ててあげることもできない。

――だけど、理想に満ちた甘い夢より、ずっといいわ。

――思い通りにならない過酷な現実の中で、

――それでも精一杯生きることを教えてくれた。

――なにも言えないあなたの戦いに、寄り添い続けてきた。

――あなたの無言に優しさを感じて、

――あなたの瞳に楽しさを感じて、

――あなたの拒絶に、愛を感じたわ。

――誰にも言えないあなたの本当の気持ちをわたしだけが知っている。

――だから、あなたの分まで愛情で満たして、あなたの分まで沢山沢山喋(しゃべ)ったわ。

――ねえ、

――ねえ、あなた。

――沢山、沢山、喋(しゃべ)ったけど、

――わたしの気持ちはちゃんと届いていたのかな？

――あなたの気持ちを、わたしはちゃんと理解できていたのかな？

――ごめんね。最後なのに、こんなことを思って。

——こんな生者みたいなことを思う女は、あなたは嫌いだよね。

——なにもいらない。

——結婚なんてしなくていい。

——ありふれた家庭もいらない。

——穏やかな日々も、なにも。

——だけど、

——ぜんぶいらないと思ったけれど、

——胸の奥に一つだけ、どうしようもない渇望(かつぼう)が残っていた。

——わたしは、

——あなたの言葉が欲しかった……

§47.【父の遺志を継ぎ】

研究塔。最深部魔導工房。

それは一瞬の間に通り過ぎた過去の記録。創星エリアルを通じて、俺たちはエレネシア世界に落ちたルナ・アーツェノンとセリス・ヴォルディゴードの出会いを見た。

彼らの戦いと、愛を語ることのできなかったその恋物語を。

「――なるほどな。お前はつくづく嘘と謀が好きなようだが、実際に会っていたのなら、話は早い」

天井から、パリントンが真っ逆さまに落ちてくる。床に激突する寸前、くるりと体勢を立て直し、平然と着地した。

「どうだ？　パリントン。我が父、セリス・ヴォルディゴードは？」

神話の時代。ミリティア世界に転生したルナの両親を殺害し、彼女の記憶を《赤糸》で上書きしようとした魔法人形は、紛れもなくこのパリントンだ。

二人の会話から察するに、パリントンはミリティア世界に侵入し、姉が思いを寄せるセリスを亡き者にしようと企んでいた。《偶人》を持ってこなかったのも、再びやってこなかったのも、恐らくはパブロヘタラの関係だろう。

泡沫世界へ入ることは禁止されている。遺体を自分の体とすることで力を隠し、上手く紛れ込んだはいいものの、我が父には敵わず、返り討ちにあったといったところか。

「お前の知らぬ一面も見えただろう。少なくとも、アーツェノンの滅びの獅子を微塵も恐れはしなかった」

《赤糸》を握りしめながら、パリントンは唇を引き結ぶ。

「父は亡霊として戦い続けた。先の見えぬ暗闇の中、理不尽そのものである秩序に立ち向かい、打ち勝ったのだ。そして――」

視界の隅で、父さんは母さんを抱きかかえながら、半ば呆然としている。大量の記録が一気に頭を通り過ぎたため、少々負荷がかかりすぎたのだろう。

「そんな父を母は最期まで愛していた」

ぎりっとパリントンは奥歯を噛む。

「問おう。あの別れを見てなお、お前の考えは微塵も変わらぬか？　言葉を交わさずともつながっていた二人の絆が、真の愛ではないと踏みにじるつもりか？」

パリントンは押し黙る。俺は言った。

「いい加減、姉離れをしてやれ。お前の運命の糸は、母さんにはつながっておらぬ」

「確かに、それは認めざるを得ないのである……」

低い声で、パリントンは言う。

「今はまだ」

《偶人》であるパリントンの全身から、《赤糸》が無数に出てきて、ゆらゆらと揺れた。

「絆や、運命や、幸せなど」

かつてないほど神々しい魔力が、その赤い糸から迸る。金箔のような輝きが、パリントンの周囲に舞った。

「そのような不条理に私は屈しはしないのだ。この想いがたとえ大罪であり、この海のすべてがそれを否定しようとも、惚れた女一人、振り向かせられずになにが男であろうかっ‼」

パリントンの《記憶石》から《赤糸》を通じて、ルナ・アーツェノンの記憶が流れてくる。

母さんが表情を歪ませ、苦しげな吐息を漏らした。更に奴の指先から放たれた無数の《赤糸》が、母さんめがけてぐんと伸びる。

「運命とは、この手で引き寄せるものである！」

「愚か者め」

俺は母さんを庇うように立ちはだかり、二律剣にて、襲いくる《赤糸》を切断する。

「惚れた女の首に糸をくくりつけ、力尽くで引っ張ることを、振り向かせるとは言わぬ。ここで身を引けぬ矮小な想いしかないからこそ、誰もお前を愛さぬのだ」

母さんにくくりつけられていた《赤糸》を、言葉と同時に両断した。

「ああ、そうかもしれないな。愚かな私を誰も愛しはしないと諦めかけたこともある」

切断された一本の《赤糸》を、パリントンは握りしめる。

「だが、それでも私は信じたいのである！　この愛はいつか必ず届くのだ、と。私は愛している。愛しているのだ、なによりも！　この身を焼き焦がすような想い、胸を引き裂かんばかりの慟哭。誰よりも深く、なによりも深く、この愛の深さはまさしく深淵だっ!!」

パリントンの渇望が魔力に変わるように、金色の光が神々しく《赤糸》から発せられる。

切断したはずの《赤糸》が、再び母さんとつながっていた。だが、伸ばされた他の《赤糸》は復元されていない。

一度結ばれた《赤糸》は、切断されようともまた再び結ばれる、か。まるで呪いだな。

「運命の赤い糸がつながっていないのなら、自らつなげばいい。姉様が私を愛してくれぬのなら、何度でも出会いからやり直せばいいっ！」

パリントンが《災炎業火灼熱砲》を撃ち放つ。

「いつか必ず、この愛は届くのであるっ！」

「それでコーストリアに母さんを襲わせたか？　愚かなものだ」

俺は《覇弾炎魔熾重砲(ドグダ・アズベグラ)》を射出する。蒼(あお)き恒星と黒緑の炎弾が激突し、魔導工房が激しく炎上した。

「人の恋を笑うは、恋を知らぬ者の所業である」

「お前は朱猫と蒼猫を通じてエレネシア世界に落ちた母を見ていた。彼女が我が父、セリス・ヴォルディゴードに惹(ひ)かれるその瞬間を。ゆえに、お前は同じことをしようとした。母さんを庇(かば)い、運命の出会いを演出したかった。その機会を長い間、待っていたのだ」

地面を蹴り、まっすぐパリントンへ向かう。奴(やつ)が放った《災淵黒獄反撥魔弾(レイル・フリーエル)》を、《掌握魔手(レイオン)》でつかみ取り、投げ返す。

「そのために――」

俺は片手で多重魔法陣を描く。

それが砲塔のように変化し、七重螺旋(らせん)の黒き粒子が迸(ほとばし)った。

「ふんっ！」

パリントンは《災淵黒獄反撥魔弾(レイル・フリーエル)》を魔法障壁で弾(はじ)き返し、俺と同じく多重魔法陣を展開する。同じく黒き粒子が、魔法陣の砲塔に七重の螺旋(らせん)を描く。

放たれるは終末の火。夢想世界フォールフォーラルに終わりをもたらした滅びの魔法。俺たちは同時に言った。

「「《極獄界滅灰燼魔砲(エギル・グローネ・アングドロア)》」」

俺とパリントンの放った終末の火が、一直線に突き進み、衝突した。

鬩(せめ)ぎ合う滅びと滅び。黒き火花が四方八方へ飛び散って、幻獣塔が震撼(しんかん)する。壁という壁が崩れ、黒き灰に変わり果てれば、《極獄界滅灰燼魔砲（エギル・グローネ・アングドロア）》が相殺（そうさい）された。

「この魔法で夢想世界を滅ぼした。俺を母さんから引き離す、それだけの理由でな」

「必要ならば、銀水聖海のすべてを滅ぼしてやるのであるっ！　ただ一つ、愛が手に入るのならばっ！」

　パリントンの指先から伸びた一〇本の《赤糸》が鋭利な針のようになり、襲いかかってくる。二律剣にてそれを打ち払い、身を低くして大きく踏み込む。刹那の間にパリントンへ接近を果たし、奴（やつ）の足下を斬りつける。奴（やつ）は跳躍し、俺の顔面に蹴りを放つ。その足先が黒く染まった。

「《根源戮殺（ザガデズ）》ッ!!」

　首をひねって蹴りをかわす。

　同時に奴（やつ）の影に魔法陣を描き、それを踏みつけた。

「《二律影踏（ダグダラ）》」

「……ご……ふぅっ……！」

《偶人》の体を揺さぶられ、パリントンが吐血する。思い切り踏んでやったが、しかし止まらぬ。奴（やつ）は着地すると、すぐさま反転し、《根源戮殺（ザガデズ）》の手刀を繰り出した。

　その鋭利な一撃を、二律剣で受け止める。ジジジジジ、と黒き火花が周囲に散った。

「滅ぼして手に入る愛があると思ったか」

「……幼き日に、誓いを立てた。姉様は私と婚姻を結ぶ、と確かにそう言った。あの眩（まぶ）しき日を取り戻す。今を滅ぼし尽くせば、過去が手に入るのだっ！」

「子供の頃の他愛もない言葉を、いつまで馬鹿正直に信じている？　そろそろ大人になることだな、パリントン。誰もそんな約束を本気にはせぬ」

「姉様が私と一緒になれなかったのは、姉弟(きょうだい)だったからである。姉弟(きょうだい)は結婚できぬと悲しそうに姉様は言った。ゆえに、私はルツェンドフォルトの住人となり、《偶人》の体を手に入れた。最早(もはや)、血のつながりはなく、二人の愛に障害はないっ！」

パリントンは黒き手刀を押し込んでくる。二律剣の刃が、奴(やつ)の手を斬り裂くも、気にせずに更に踏み込んできた。

「私の姉様は、どんな幻獣をも寄せ付けぬほど、清らかで、純粋で、美しい心の持ち主である。嘘(うそ)など決して言わぬわぁぁっ……!!」

右の手刀で二律剣を押さえ込み、パリントンは左の手刀を振り下ろす。

それより早く、奴(やつ)の体へ《覇弾炎魔熾重砲(ドグダ・アズベダラ)》をぶち込んだ。ゴオオオオオォォォォと蒼(あお)き炎に《赤糸の偶人》が呑(の)まれた。

更に魔法陣を描き、《覇弾炎魔熾重砲(ドグダ・アズベダラ)》を連射した。次々とパリントンに蒼(あお)き恒星が激突し、派手な爆発が巻き起こる。

「……私の愛が劣るわけがないのである……」

蒼(あお)く炎上しながらも、パリントンの瞳がぎらりと光る。

「……その男は、姉様を守らなかった。亡霊などと宣(のたま)い、世界のためだと息巻いて、姉様を粗雑に扱い、泡沫(ほうまつ)世界すらも救えなかったではないかっ!?　姉様が幸せだと？　所詮は平和ならではの幸せである。再び戦乱の世となれば、平気で姉様を見殺しにするのがその男であろうっ!!」

パリントンの全身から、神の魔力とは別の禍々しい力が溢れ出す。黒き粒子が渦を巻き、蒼き炎を吹き飛ばした。

「姉様のためならば世界をも滅ぼせる私と、世界のために姉様を犠牲にする男。どちらがより姉様を愛しているか、どちらの愛がより深いかは自明であるっ!!」

奴は母さんにつながっている《赤糸》に魔力を送る。

「……イザベ、ラッ……がぁっ……！」

「下がって」

母さんにつながる《赤糸》から黒き粒子が溢れ出し、父さんとミーシャを弾き飛ばす。

ミーシャが咄嗟に反魔法を張らなければ、父さんは即死だっただろう。母さんの体が浮かび上がり、根源から無数の《赤糸》が外へ出てくる。

「あげく、力を失い、記憶を失い、その男は二度と剣を持つことができぬ。二千年前は転生することで逃げおおせたようだが、この災淵世界では最早逃げることはできない。この《赤糸の偶人》は、前回のガラクタ人形とは違うのであるっ!!」

母さんの根源から伸びる無数の《赤糸》が、繭のように彼女の体をぐるぐると巻いていく。ルナ・アーツェノンの記憶に上書きするつもりだ。

「違うというなら、もう一度この糸を斬り裂いてみるのだ、セリス・ヴォルディゴード」

憎悪を込めた瞳で、恨みを叩きつけるように、パリントンが父さんに言う。

「私に対抗するために磨き上げた紫電は見る影もない。お前は結局、姉様を守りきるつもりなどなかったのだ。だからこそ、この運命、今度は決して斬り裂けはしないのであるっ!!　ルツエンドフォルトの赤い糸は、私の愛そのものなのだからっ……！！」

刹那、紫の光が明滅した。一〇本の紫電が天に昇り、巨大な刃が《赤糸》の繭に落雷した。

「《滅尽十紫電界雷剣（ラヴィア・ネオルド・ガルヴァアリイズエン）》」

「……ぬ、なっ……⁉」

膨大な紫電の刃が《赤糸》を焼き斬り、滅ぼした。

繭の中から、雪月花に守られた母さんが姿を現す。浅層世界のものなれど、それはセリス・ヴォルディゴードが編み出した秩序の枠から外れた魔法だ。

運命の糸と相反する可能性の刃は、《赤糸》の弱点であり、パリントンがどれだけ魔力を込めても、それが結び直されることはない。

「馬鹿なっ……馬鹿な馬鹿な馬鹿なっ……お前は確かに力は失ってっ……⁉」

パリントンが、すかさず父さんに鋭い視線を向ける。やはり、その根源からはセリス・ヴォルディゴードの魔力は感じられない。

だが、さっきまで身につけていた万雷剣がなくなっていた。

「失った？　いつまで見当外れの場所を見ているのだ、パリントン」

声をかけてやれば、奴（やつ）がようやくこちらを振り向く。そうして、俺の手に握られた万雷剣を視界に捉え、僅かに目を見開いた。

「遥（はる）か昔、亡霊となった男が遺（のこ）したのは大きな可能性だ。彼の遺（のこ）した意思はこの胸に、彼の遺（のこ）した力はこの両手に、彼が遺（のこ）した深き愛がこの命だ」

ゆるりと万雷剣を構え、滅紫（けしむらさき）に染まった魔眼（め）を向ける。

「あの日、二人が失ったすべてがここにある」

手にした剣に紫の雷が走る。

俺は静かに奴へと告げた。

「父は世界を守り、平和を築き、愛する者の夢を叶えたのだ」

§48.【血の優性】

焼き切られた《赤糸》をパリントンは仄暗い魔眼で見つめた。僅かに口を開けば、喉の奥から恨みを凝縮したような呪詛がこぼれ落ちる。

「……貴様、が……セリス・ヴォルディゴード……貴様がぁ……」

両手の指から《赤糸》が伸びていき、生き物のようにゆらゆらと揺らぐ。パリントンは猛然と、俺と父さんを睨みつけた。

「この期に及んで、まだ貴様が私の前に立ちはだかろうというのであるかっ!? 二千年前、無情にも姉様を見捨て、この愛の舞台からとっくに降りた男が、いつまで女々しくすがりつこうというのだっ!!」

恨みの言葉を放つ度に、パリントンの魔力が膨れ上がる。床を踏み抜く勢いで前へ飛び出し、奴はまっすぐ父さんへ向かった。

「貴様は恋人としても夫としても失格であるっ！ 私ならば、姉様にあのような寂しい想いをさせはしなかったっ!!」

《赤糸》を揺らめかせ、猛突進を仕掛けるパリントンを、俺は横から万雷剣にて斬りつけた。

「ぬ……ぐぅっ……!?」

「舞台に上がれもしなかった男が、今更大層な言葉を口にする」

ガウドゲィモンを振り抜く。皮膚を裂き、肉に食い込み、奴の体を弾き飛ばす。

「寂しい想いをさせなかった？　違うな。お前は、寂しさすら与えてやれなかったのだ」

パリントンは足を床にめり込ませ、数メートル後方で踏みとどまる。

「だからこそ、次は私の想いを見せる番である。愛とは決して早い者勝ちではないのだから」

「順番でもない」

カッとなったかのように、パリントンが目を剝いた。

「知った風な口を、叩くなっ！」

奴は無数の《赤糸》を伸ばし、俺に巻きつけようとする。瞬間、十本の紫電が可能性の刃から立ち上る。《滅尽十紫電界雷剣》を振り下ろし、無数の《赤糸》を根こそぎ焼き切った。

しかし、その膨大な紫電の中を駆け抜け、パリントンが突っ込んできた。

「親を庇いたいのかもしれぬが、その男との愛など霊神人剣や転生による気の迷い、純粋なる愛を失ったがゆえの仮初めにすぎぬのであるっ！」

パリントンは右手を黒く染め上げ、《根源戮殺》の手刀を思いきり俺に突き出した。右手の二律剣にて、それを真っ向から受け止め、万雷剣を奴の土手っ腹に突き刺す。

口から血を吐き出しながらも、狙い通りと言わんばかりにパリントンは踏み込んできた。

「だからこそ、塗りつぶすのだ。白く白く、清らかだったあの頃の姉様に」

その両手が俺の肩をつかみ、動きを封じにかかる。瞬間、操り人形の如く、ドミニクの死体が動いた。

狙いは無論、母さんだ。

「守れ」

「ん」

ミーシャは瞬きを二回する。

一度目で魔眼は白銀に染まり、二度目で瞳が《創造の月》と化す。

「氷の世界」

《源創の神眼》が、虚空を優しく見つめる。すると、ミーシャの目の前に小さなガラスの球体が創造された。

それは魔法模型のようで、内部には雪が降る氷の世界が構築されている。白銀の光が広がり、雪月花が舞った。

父さんと母さんが、ガラスの球体に吞み込まれて消える。光とともにミーシャも吸い込まれていき、その氷の世界に入った。

「今更、逃がしはしないのである」

ドミニクの死体が追うように、ガラスの球体の中へ入っていく。

「急いたな。根源のない操り人形では、あの中でミーシャに勝てぬ」

万雷剣を押し込み、奴の根源を串刺しにする。ぐっと足を踏ん張り、パリントンはそれに耐えた。

「……いいや……予定通りである……」

奴の根源から溢れ出したのは黒緑の血、ナーガやコーストリアと同じく滅びの獅子の血だ。

それが紫電を腐食させていき、万雷剣の刃に抵抗する。黒き粒子が螺旋を描き、奴の全身を覆った。

「ぬうおぉぉぉぉっ……！！！」

体中から黒き魔力を溢れさせ、奴は俺の体を持ち上げる。その足が地面を蹴った瞬間、俺とパリントンは目にも留まらぬ速度で災人イザークの眠る氷柱へ突っ込んだ。

ドッゴオォォォォォォォォと轟音が鳴り響き、氷が砕け散る。

溢れ出した冷気が室内を覆った。それでも、氷柱は僅かに表面が崩れたのみだ。滅びの獅子の力にすら耐えるとは、この幻獣塔よりもよほど頑丈なようだな。

「健気な姉様の子よ。お前は勝てない。お前では私に勝てぬ理由があるのだ」

黒き粒子を纏わせた右腕を、奴が大きく振り上げる。その手には、赤い刃物のような物体が握られていた。

アーツェノンの爪だ。勢いよくパリントンが振り下ろしたそれを、二律剣で受け止めた。

「《根源戮殺》」

「遅い」

黒き《根源戮殺》の手刀が振り下ろされるより早く、俺は《根源戮殺》の足にて、パリントンの体を蹴り飛ばした。だが、その体に大した損傷はない。

「ふむ」

パリントンの全身から、滅びの獅子の魔力が立ち上っている。

特に力が強いのは両脚、両眼、右腕か。その黒き粒子は、ゆらゆらと揺れる奴の《赤糸》に制御されているかのようだった。

「ドミニクがコーストリアたちの力を使えるというのは嘘ではなかったようだな。その《赤糸》を《渇望の災淵》にいるアーツェノンの滅びの獅子にくくりつけ、己の力に変えているわけだ」

授肉していない滅びの獅子は実体がなく、生物というよりは魔力を持った渇望の集合体、不定形の概念に近いはず。

それをくくり授肉状態にできるのなら、使えるのは両脚、両眼、右腕に限らないはずだが、そこまで自由にはいかぬようだな。

実体のない幻獣、とりわけ滅びの獅子をくくりつけるのは、運命を結ぶ《赤糸》といえども至難の業なのだろう。

それゆえ、自らの理解の範疇にあるものしかくくれぬのだ。ナーガ、コーストリア、ボボンガの体を研究することで、どうにかその三つの部位は手中に収めたといったところか。

「アノス。お前はその五体が滅びの獅子だ。私は両脚と両眼、右腕のみだが――」

アーツェノンの爪から赤黒い魔力が放たれる。瞬く間にそれは、赤黒い縫針へと変わった。

「獅子縫針ベズエズ」

《赤糸》がベズエズの後ろに結ばれ、赤黒い魔力に、金箔の魔力が混ざる。勢いよくパリントンは縫針(ぬいばり)を射出した。左へ身をかわせば、縫針は俺を中心にぐるりと円を描く。後ろに結ばれた《赤糸》が、この身を縛りつけようと円を縮めていく。

「《滅尽十紫(ラヴィア・ネオルド)──》」

紫電の刃を《赤糸》めがけ、振り下ろす。

「──電界雷剣(ガルヴァアリイズエン)》》」

耳を劈(つんざ)く雷鳴とともに、紫電が激しく明滅する。《赤糸》の弱点であるその可能性の刃は、しかし今度はそれを斬り裂くことができない。

滅びの獅子(しし)の力が、よりそれを強固にしているのだ。

一瞬たわんだ《赤糸》は、縫針が直進すると万雷剣ごと俺の両腕に絡(から)みつき、きつく締めあげた。直後、パリントンが射出した二本の獅子縫針(ししほうしん)が、俺の両脚を貫き、床に縫い止める。

「切り札の爪を持たぬ不完全な滅びの獅子(しし)であるお前が、爪を三本持つ私に敵(かな)う術はないのであるっ！」

パリントンは自らとつながる《赤糸》を経由して、《渇望(かつぼう)の災淵(さいえん)》から滅びの獅子(しし)の魔力を引っ張り上げる。

その力にて、奴(やつ)が描いたのは多重魔法陣。瞬(また)く間に砲塔のように変化し、七重螺旋(らせん)の黒き粒子が立ち上った。

「《極獄界滅灰燼魔砲(エギル・グローネ・アングドロア)》」

終末の火が、目の前に迫る。俺の両手と万雷剣は《赤糸》で縛りつけられ、両脚は獅子縫針(ししほうしん)に貫かれ動かせぬ。

猶予は数瞬。四肢の拘束を解いている時間はない。唸りを上げて、七重螺旋の終末の火が、俺の顔面を強襲した。

「――む⁉」

パリントンが目を見開く。世界を滅ぼす終末の火を、俺は口を開き、上下の歯で受け止めていた。噛みしめた歯と歯の間が、夕闇色に輝いている。

「手足を塞げば、《掌握魔手》が使えぬと思ったか」

ギリッと終末の火を噛みつぶし、魔法を凝縮していく。荒れ狂う滅びの力を、完全に《掌握魔手》の歯で制御すると、俺は首をひねって奴に投げ返した。

「《掌握魔手》」

コーストリアと同じ《転写の魔眼》を使い、パリントンは投げ返された《極獄界滅灰燼魔砲》を受け止めた。

「今のが最後のあがきである。お前の両脚を貫いた《赤糸》は、《渇望の災淵》の底につながっている」

奴の《掌握魔手》は俺より劣るが、パリントンは両手を使うことで終末の火を凝縮していく。

「覚えているか？　私の説明を」

パリントンの声とは別に、なにかが俺の内側に響いた気がした。

「アーツェノンの滅びの獅子は、災厄そのもの。一度その渇望が目を覚ませば、破壊衝動に駆られ、この銀海すらも滅ぼす」

僅かに笑みを見せ、パリントンが大声を上げる。

「そして今こそ、お前の破壊衝動が目覚めるときがきたのである。災禍の淵姫の子、アーツェノンの滅びの獅子よっ！　この《淵》の深淵にある渇望はお前の根幹。一度目覚めたならば、最早二度と理性は戻らぬ」

《赤糸》から金色の魔力が走り、縫針を通って、俺の根源に流入してくる。それは、この《渇望の災淵》に溜まっている、澱んだ渇望だ。

「目障りなあの男から教えられたすべてを忘れ、お前は本物の獅子となる。剣も魔法も言葉も、想いすら、あの男の遺したものは、一切合切ここで潰えるのである」

その直後だ。

不気味な声が、直接、この身の深奥より響き渡った。

それは内なる衝動。

他でもない、俺自身が放つ声だ。

悪意が、心の底の更に深いところから、沸き立ち、溢れ出す。

――滅ぼせ。

耳を塞ごうにも、体の内側に響き、頭を揺さぶる。

――すべての海と。

頭蓋にこびりついて離れぬ渇いた欲求。

——すべての存在を。

壊せ、壊せと訴えかける、もう一人の自分。なにもかもを、滅ぼし尽くせ、とそいつは幾度となく訴えかける——

「本性を現せ、醜い獣よ。そして、己が身で証明するがいい。そう。セリス・ヴォルディゴードは、姉様の夢を叶えてやることができなかったのだ。優しい子供を与えてあげることができなかったのだっ！」

宙に浮いた残り一本の獅子縫針が、俺の心臓に向けられる。

「狂い、暴れ、数多の世界を滅ぼすのがお前の性っ。そうして、姉様は初めて気がつく。気がつくのだ。あの男と作った家庭は、平穏とはほど遠かったと。ああ、ようやく姉様は目を覚まし、後悔するのだ——」

《赤糸》の魔力を帯びた縫針が俺の心臓へ射出された。

「その愛が、大いなる過ちであったと‼」

「面白い妄想だ」

耳を劈く雷鳴が響き、十本の紫電が万雷剣に落雷する。ゆるりと魔剣を動かせば、俺を拘束する《赤糸》がぷつんと斬れた。

「…………な……っ……⁉」

「《掌魔滅尽十紫帯電界刃(ラヴィアズ・ヴェルド・ガルヴァリィズエン)》」

　可能性の紫電を、《掌握魔手(レイオン)》の万雷剣に帯電させ、凝縮した。

　すなわち、《滅尽十紫電界雷剣(ラヴィア・ネオルド・ガルヴァリィズエン)》の膨大な滅びの力を、万雷剣ガウドゲィモンの剣身一つに集中させ、増幅したのだ。

　深層魔法となった紫電の刃に、《赤糸》を斬れぬ道理はなく、俺は両脚に刺さった獅子(しし)縫針(ほうしん)の糸を切断した。

「俺も言ったぞ、パリントン。精神は安定している方だ」

「…………なにを…………馬鹿な…………精神の安定などで、滅びの獅子(しし)が……破壊衝動に抗(あらが)えるはずが…………!?」

《掌握魔手(レイオン)》で受け止めた《極獄界滅灰燼魔砲(エギル・グローネ・アングドロア)》を撃ち出そうと、パリントンは右腕を思いきり振りかぶる。

「アーツェノンの滅びの獅子(しし)が、狂わぬわけがないのであるっ……!!　お前は、そういう生き物なのだ、正体を現せぇぇぇぇっっっ!!」

「確かに俺は滅びの獅子(しし)のようだがな」

　終末の火が投げられるより早く、俺は奴(やつ)の懐(ふところ)へ飛び込んだ。

「我が父の言葉、忘れたわけではあるまい。母が産んだのはヴォルディゴードの子。我が血族が、滅びの王――」

「がっ、うがああああああああああぁぁぁっ…………!!!!」

　ぼとり、と奴(やつ)の右腕が床に落ち、勢いよく血が噴き出す。

終末の火が放たれるより先に、滅びの万雷剣が腕を斬り裂いたのだ。

「深層世界の血だからといって、優性だとでも思ったか」

§49．【愛の結末】

ぬっと伸びたパリントンの左手が虚空をつかみ、そこに赤黒い魔力が集う。獅子の咆吼が如き轟音が鳴り響き、爪の力が渦を巻く。

「……あの男の血が………」

赤黒き魔力が実体化し、その手に大きな縫針が出現する。

獅子縫針ベズエズだ。奴はそれを、俺めがけ突き刺すように振り下ろす。

「姉様の血よりも色濃く出るなどとっ――ごぉほぉっ……!!」

縫針が振り下ろされるより先に、滅びを帯電した万雷剣をパリントンの心臓に突き刺した。

「……ふ、しゅ……ぐっごぉぉ……!!」

「違うな。滅びの獅子に打ち勝ったということだ」

「……ありえない……のである……よしんば滅びの力を持っていようと、泡沫世界の不適合者如きが、災淵世界最強の幻獣、アーツェノンの滅びの獅子を凌駕するなど……！」

パリントンはぐっと縫針を握りしめる。

「お前……は……」

胸から血を流しながらも、魔眼を光らせ、奴は敢然と俺を睨む。

「……何者、だ……？」

「さて、質問の意図がつかめぬな」

「お前は、アノス……いったい、何者だと訊いているのだっ……!?」

パリントンの叫び声に呼応し、獅子縫針に《赤糸》が絡みつく。赤黒い魔力と金色の魔力が混ざり、縫針が牙を剝くようにぎらりと光る。それと同時、俺は二律剣を鞘に納めた。

「……がぁっ……あ…………!!」

奴の左手から、獅子縫針がこぼれ落ち、床に跳ねる。万雷剣で貫いた心臓に、俺は右手を突っ込み、握り潰していた。

「ふむ。睨んだ通りか。見つけたぞ」

《偶人》の体の外へ出ている《赤糸》とは別に、奴の心臓深くには絡みついて離れない《赤糸》がある。俺はその糸をつかみ、力任せに引っ張った。

「……がぁっ、はぁっ……ご、ごばあぁぁぁぁぁぁっっっ……!!」

右手を引き抜けば、心臓の深淵から《赤糸》が伸びる。

「不思議に思っていてな。懐胎の鳳凰は子供を産みたいという渇望を持った者、ルナ・アーツェノンの胎内と《渇望の災淵》を結びつけた。だが、災禍の臓を持つお前は、とても子供を欲しているようには思えぬ」

パリントンの渇望は、姉への独占欲のみ。姉弟とはいえ、懐胎の鳳凰の影響を受けるとは考えがたい。

だが、奴が災禍の臓を持っているのは事実だ。なぜなら、《赤糸》は、《渇望の災淵》の底につながっている。滅びの獅子の力を使うことができるのが、その証明だろう。

コーストリアの話では、《渇望の災淵》の底へは行くことができぬ。そこに渦巻く濃密な災いが侵入する者を蝕み、深淵には未だ誰も到達したことがない。

一方で災禍の淵姫は、彼女が持つ胎は、その深淵につながっている。パリントンはそれと類似した臓を通じて、《赤糸》を災淵の底へつないだはずだ。

「アーツェノンの滅びの獅子と同じだ。お前は先に《赤糸》で己の臓器と懐胎の鳳凰をくくりつけ、その幻獣の力を得たのだ」

それにより、パリントンは災禍の臓を手に入れた。

「つまり」

黒き粒子が、俺の全身に螺旋を描く。

「この糸の先に、懐胎の鳳凰がつながっている」

万雷剣にてパリントンをそこに固定し、握った《赤糸》を強く引いた。心臓から血がどっと溢れ出し、ミリミリとなにかを引きちぎるような音を立て、赤い糸が伸びていく。

「が、あ、あ、ああああああああああああああああぁぁぁぁぁあっっっ！！！」

パリントンの体の中から、朱い魔力の粒子が溢れ出す。

「《掌握魔手》」

《赤糸》に走る運命を結ぶ権能を増幅し、そこにつながる幻獣を暴き出す。金箔のような魔力が荒れ狂うように激しく散り、不定形な朱き粒子が輪郭を帯びる。それは次第に翼を象り始め、あたかも鳳凰のような姿へと変わった。

「お前は災禍の臓を通じて、《渇望の災淵》に干渉し、母さんの災禍の胎に悪影響をもたらしていた。ならば、わざわざ懐胎の鳳凰を滅ぼさずとも、お前とこの《赤糸》さえ切り離せば、容態は落ち着く」

「……触……る、な……」

　これまでで一番低く、暗い響きだった。懐胎の鳳凰は、パリントンの意思に従うように不定形となり、また彼の体の中へ消えていった。

「それは、私と姉様の絆である……私と姉様が、いつかなるときも、つながっている証……貴様が姉様の子とはいえ、気軽に触ってよい代物ではないのである……」

「気軽に触ると言うと――」

《赤糸》をつかんだ右の掌に、俺は紫電の球体魔法陣を描き、圧縮する。

「こんな感じか？」

《掌魔灰燼紫滅雷火電界》。

　雷鳴が轟き、滅びの紫電が《赤糸》を駆け巡った。

「ぬ・お・お・おぉぉぉぉぉ……貴……様ぁ……貴様ぁぁぁぁ、うがああぁぁぁぁあっっ!!」

滅びの紫電がパリントンの内臓を撃ち抜いては、ズタズタにする。未完成のため、速度が極めて遅い《掌魔灰燼紫滅雷火電界》も、《赤糸》を辿る以上、避けることはできぬ。

「滅びたくなければ、早々に《赤糸》を解くことだ」

「……解くことなどできはしないのである……これは、愛し合う姉と弟をつなぐ――」

《偶人》の体から、《赤糸》が伸び、金の魔力を放ちながらゆらゆら揺れる。滅びの獅子の力を余さず解放し、パリントンは黒き粒子を全身に纏う。

左手から伸びた《赤糸》にて、三本の獅子縫針を操った。

「――運命の赤い糸なのだからっ!!」

夥しい魔力を放ちながら、鋭い針が俺を襲う。万雷剣に纏わせた《掌魔滅尽十紫帯電界刃》で、獅子縫針の後ろにつながった《赤糸》をぷつりと容易く斬り裂いた。

「ずいぶんと脆い赤い糸だな、パリントン」

追撃とばかりに顔面を襲う二本の獅子縫針へ滅びの万雷剣を振るい、《赤糸》を斬り離す。

「貴、様ぁ……があああああああああぁぁぁぁ……!!!」

右手に握りしめた《赤糸》を通じて滅びの紫電を流し込み、滅びの獅子とつながっている《赤糸》を万雷剣にて斬り裂く。

「おのれぇえっ、許さ――」

パリントンが振り上げた左腕に凝縮された黒き魔力、それがふっと消失した。《赤糸》が切断され、つながっていた滅びの獅子の力を失ったのだ。

「……か、はぁ……!!!!」

パリントンの腹部を万雷剣にて貫き、今度は肺の《赤糸》を両断した。

「俺の母は奔放でな。こんなチャチな糸を結んだぐらいで、その気持ちを縛れはせぬ。振り向いて欲しければ、正攻法で迫るべきだったな」

万雷剣を稲妻の如く走らせ、パリントンの体を幾度となく斬りつける。

心臓、腎臓、肺、胃、腸、肝臓――滅びの万雷剣にて、臓器という臓器、《赤糸》という《赤糸》を、斬って斬って、斬り離し、その運命を斬り滅ぼす。

「があぁっ……ぐ、があっ、ぎゃっ、があぁぁぁぁっ……あぁぁっ、私の……やめぇっ……やめろぉぉっ、私の運命が……姉様との絆がぁぁぁっ……あっ、あぁぁっ、やめろぉぉぉぉぉっ……‼」

奴の臓物から、懐胎の鳳凰の魔力が消え失せていく。

がくん、とパリントンは膝を折った。

「所詮、借り物の力だ。《赤糸》で結んだものなど、肝心なときに役に立たぬ」

ボロボロの体で荒い呼吸を繰り返し、這いつくばるように床に手をつきながら、それでも奴は俺を睨みつける。

アーツェノンの滅びの獅子と切り離された今、ろくに力は残っていまい。

縁としていた懐胎の鳳凰も切り離した。

しかし、その瞳は未だ輝きを失ってはいない。奴は俺に視線を向けたまま、じっとなにかを待っている。

一瞬、その口元が笑みを刻む。

そのときだった。

俺は目の端に、小さな闇を捉えた。それは深すぎて、光の届かぬ水底、《渇望の災淵》である。闇が吸い込んでいるのは氷の景色——創造神の権能で創られた氷の世界だ。

ガラス玉が割れるような音が響き、白銀の光が放たれる。目映い輝きとともに、魔導工房にミーシャたちが戻ってきた。

いないのはドミニクの死体のみだ。

「……間に合ったのである……」

ほっとしたような呟きだった。

足を踏ん張り、パリントンは身を起こす。

その視線の先には、母さんがいた。魔眼を凝らせば、その胎内には深き闇が見て取れる。災禍の胎——《渇望の災淵》とつながるそれが、ミーシャの創造した氷の世界を呑み込んだのだ。

「《渇望の災淵》を通じて、私と姉様は《赤糸》でつながっていた。ドミニクはそうと気づかせぬための布石である。《記憶石》が根源にくくられた姉様は、かつての姉様に戻る」

「パリン……トン……」

その言葉に感じ入ったかのように、パリントンは体を震わせ、はらりと涙をこぼした。

衝撃が全身を突き抜けたと言わんばかりに、彼はその場に立ち尽くし、しばらく言葉も発せなかった。

「…………ああ……」

感嘆の声が漏れる。

「姉様…………姉様…………とうとう……」

感極まった表情を浮かべる彼に視線を向け、母さんが静かに口を開いた。

「……ごめんね、パリントン……あなたは大事なわたしの弟――」

パリントンは首を左右に振った。

「いいえ、いいのです。いいのです、姉様。こうして、助けに来てくれたではないですか。きっと、来てくださると思っておりました。必ず思い出してくださると思っておりました。僕たちはたった二人の姉弟なのですから」

姉を迎えるように、奴は手を伸ばす。

「さあ、帰りましょう。二人の家へ」

母さんはパリントンを優しく見つめる。

そうして、ゆっくりと首を横に振ったのだった。

「姉様……？」

「……行けないわ……」

一瞬思考が停止したかのように、パリントンが固まった。寄り添うように父さんが母さんの隣に立った。

伸ばされた手を、母さんがそっと握る。

「わたしは、出会ったの。彼を愛しているの。昔はセリス。今はグスタ。何度生まれ変わっても変わらないわたしの夫を、愛しているの」

「……………………………………は？」

パリントンは表情を失う。

まるで感情が消えたかのような無であった。

「あなたは大事なわたしの弟だった」

「……………だった？」

パリントンが、初めて怯えたようにその表情を歪ませる。

「あなたは、お祖父様を殺した。わたしの両親を殺した。あなたは大切な弟だったけど、でも、今はもう許せそうにない」

「……なぜ……僕と姉様は運命の糸で……」

「パリントン、ごめんね。もっと早く気づけばよかった。あなたを惑わせたわ。運命なんてどこにもないの」

「……ない……」

「この気持ちは、運命じゃない。うぅん、運命なんてもうどうでもいいの。わたしは、わたしの意思で、彼と一緒に生きていく。彼を傷つけるあなたには、もう会えない」

パリントンが、唇を震わせながら、小刻みに呼吸を刻む。

「パリントン」

父さんが、指を一本立てる。

「それでも、俺は一つだけ感謝している」

どこか普段の父さんとは違う大人びた口調だった。

「貴様のおかげで、こいつに会えた」

パリントンが目を見開く。

「……馬鹿、な……私が……姉様と貴様を……それではまるで、道化のようでは……………」

途方もない衝撃を受けた様子で、パリントンが呟く。

「……いや……いや……違う……そうだ。まだ……足りないのなら……余計な記憶が残っているのなら……」

魔力を振り絞るように、パリントンが足を踏み出す。

最早、俺に勝てぬのはわかっているはずだ。しかし、奴の渇望は止まらなかった。

「何度でも、やり直そう。幾度となく生まれ変わり、運命の出会いを繰り返そう。あなたを殺し、今度は私も死に、赤い糸が再び我ら姉弟を結びつける」

パリントンが切断された右腕に左手を突っ込み、そこから《赤糸》を引っ張り出す。

「何度も、そう何度でも。私は決して諦めない。信じているのだ」

金箔が舞い、《偶人》から最後の魔力が振り絞られる。

「最後は必ず、愛が勝つ！」

パリントンが《赤糸》を母さんへ伸ばす。それよりも遥かに早く、俺は奴の胸に万雷剣を突き刺した。

「か……あ…………がぁ…………」

ぐっと力を込め、奴の一番深いところにあった最後の一本の糸を両断した。

瞬間——パリントンの体が、顔のない魔法人形へと変わっていく。人と変わらぬ皮膚の質感は、硬い金属へと変わり、おかっぱの髪は短髪となる。

崩れ落ちたそれは、まさしく人形そのものだ。恐らく、それがパリントンが入る前の本来の《偶人》の姿なのだろう。奴の根源は《赤糸》にて、傀儡世界の主神、傀儡皇ベズが有する権能《偶人》につながれていた。

それを《掌魔滅尽十紫帯電界刃》にて焼き斬ったことにより、根源が《偶人》から切り離されたのだ。

体との結びつきがなくなった今、最早《赤糸》を操ることはできまい。自力で《偶人》に戻ることは不可能だ。

「愛が勝つなら、この結末は道理だぞ」

宙に浮かぶ澱んだ水の玉――根源だけとなったパリントンへ俺は言う。

「お前はフラれたのだからな」

§50. 【握手】

パリントンの根源が、目の前を漂う。

《蘇生》を使う気配はない。使えないのだ。《赤糸の偶人》と結びつけるため、奴の根源は本来の体の記憶が上書きされている。

蘇生に必要な体とのつながりが根源に刻まれていない以上、《蘇生》は正常に働かない。放っておけばこのまま消えるだろうが、まだ死んでもらうわけにはいかぬ。

「ミーシャ」

　こくりとうなずき、彼女は言った。

「赤いわら人形」

《源創の神眼》が、その場に赤色のわら人形を創り出す。ぱちぱちとミーシャは瞬きを二回する。

　すると、《偶人》から《赤糸》が一本解け、その赤いわら人形にくくりつけられる。

　反対側は、澱んだ水の玉――パリントンの根源に結びついた。

《偶人》の深淵を覗き、それを模した器を創ったのだ。もっとも、魔力の波長などは似ているが、わら人形は人体の力を一切持たぬ。《思念通信》で喋るのが精一杯といったところだ。

「お似合いだな、パリントン」

　そう言ってやれば、赤いわら人形から屈辱に染まった声が返ってきた。

『……貴……様……なにをするつもりであるか……？』

「無論、償いをしてもらうつもりだ。フォールフォーラルを滅ぼした証言もしてもらわねばならぬしな」

『なん――』

「さて」

　赤いわら人形をわしづかみにし、喋れぬように反魔法で覆った。

　落ちているパリントンの右腕に視線をやる。

その掌(てのひら)は《掌握魔手(レイオン)》の効果がかろうじて続いており、《極獄界滅灰燼魔砲(エギル・グローネ・アングドロア)》をつかんでいる。腕に残った魔力が尽きれば終末の火が解き放たれるだろう。

万雷剣を魔法陣の中へ収納して、《掌握魔手(レイオン)》の右手で終末の火を拾い上げる。

これで三度増幅された。迂闊(うかつ)に放ってよい威力ではない。

「《渇望の災淵(かつぼうのさいえん)》にでも捨ててくるか」

「ハイフォリアの船団が着水した」

ミーシャが淡々と言う。

二律僭主(にりつせんしゅ)が相手とはいえ、さすがにいつまでも静観していられぬか。

動いた以上、レブラハルド率いる狩猟貴族らは、すぐに《渇望の災淵(かつぼうのさいえん)》を漂っている樹海船に向かうだろう。不用意に乗り込んでくるとは思えぬが、アイオネイリアに誰も乗っていないのが知れるのは時間の問題か。

アイオネイリアを脱出させるのは容易(たやす)いが、乗船してしまえば、今度はイーヴェゼイノに俺がいないことが明らかになる。

自(おの)ずと俺が二律僭主(にりつせんしゅ)だったことに気がつかれるだろう。序列戦が終わった以上、魔王列車にいる俺の人形で誤魔化し切れるとも思えぬ。

「二律僭主(にりつせんしゅ)」

そう俺を呼ぶ声がした。

振り向けば、そこに音もなく現れたのは闇を纏(まと)った全身鎧(よろい)。

暗殺偶人——ルツェンドフォルトの軍師レコルだ。そういえば、こいつも残っていたな。

「パリントンの腹心だったな。主君を返してもらいに来たか？」

赤いわら人形を、レコルに見せる。

「必要ない。わたしの目的はそちらだ」

レコルが指さしたのは、顔のない魔法人形《赤糸の偶人》だ。

「ほう。元首を守るつもりはないと？」

「卿に問うが」

泰然とした口調で、レコルは言う。

「姉の尻ばかりを追いかける元首が、小世界を治めるに相応しい器か？」

なるほど。確かに、パリントンの行動が傀儡世界の総意とは思えぬ。

「答えるまでもあるまい」

俺の言葉を受け、レコルは静かに切り出した。

「一つ、取引をしたいが、どうか？」

「言ってみよ」

レコルは俺の後ろにある魔法人形を指さした。

「その《赤糸の偶人》を返すならば、わたしが二律僭主になりきり、樹海船アイオネイリアをイーヴェゼイノから出航させよう」

どこで見ていたか知らぬが、俺が二律僭主を演じていたのはわかっているようだな。まあ、バレたならば仕方あるまい。

「ルツェンドフォルトの元首になるのが目的か？」

「今、断言できるのは一つだけ。パリントンが敗れた際には、《赤糸の偶人》を回収してくるよう、傀儡皇に言われているということだ」

主神の命令か。傀儡皇ベズとやらは、パリントンにはさほど執着していないようだな。

主神と違い、元首は代わりが利く。すでに、奴以上の元首候補を見つけているのやもしれぬ。

「《赤糸の偶人》なくば、傀儡世界の王位は空席となる。ルツェンドフォルトは統一されず、内戦が起こるだろう。傀儡皇はそれを憂慮している」

《赤糸の偶人》は主神の権能だ。元首を生むための赤い糸は、さすがに二つと作れぬか。いたずらに奪い、傀儡世界の住人を苦しめてもなんの益もない。

「傀儡世界に恨みはない。お前が樹海船を持っていってくれるなら、断る理由もないが、あれをどうやって動かすつもりだ？」

すると、奴は右手を差し出し、握手を要求した。俺の右手は今、《掌握魔手（レイオン）》で終末の火をつかんでいる。

握手をすればどうなるか、それがわからぬ馬鹿でもあるまい。

「面白い」

俺が右手を差し出せば、迷いなくレコルはそれを握った。

奴の魔力に干渉され、《掌握魔手（レイオン）》が乱れ始める。三度増幅された《極獄界滅灰燼魔砲（エギル・グローネ・アングドロア）》がたちまち暴走し、黒い火花が周囲に舞う。

床という床にミシミシと亀裂が入り、瞬く間に黒き灰へと変わっていく。終末の火が大きく燃え上がろうとしたその瞬間、レコルは俺の右手を更に強く握った。

刹那、奴の手が紅蓮に染まる。いかなる魔法か、それは馬鹿げたほどの高熱で、終末の火を余さず滅ぼしてのけた。

「ふむ。任せても問題なさそうだな」

「《赤糸の偶人》は預けておく。再会はパブロヘタラで」

奴の体から闇が溢れた次の瞬間、暗殺偶人に相応しく、その姿が忽然と消えた。俺がイーヴェゼイノを無事に出た後に、樹海船と《赤糸の偶人》を交換するということだろう。

「お…………」

僅かに声が漏れた。

父さんだ。

「どうした？」

「……アノ……ス…………」

声と同時、ふっと緊張の糸が切れたかのように、父さんは脱力する。崩れ落ちそうになったその体を片手で支えてやった。

気を失ったようだ。

「お母さんも」

ミーシャが気を失った母さんを受け止めていた。

その神眼は、母さんの深淵を覗いている。

「容態は安定してる」

母さんがパリントンへ放った言葉は、ルナの記憶がなければ出てこぬだろう。

だが、母さんは同時にイザベラの記憶も持っていた。《記憶石》による上書きはできなかったのだ。

多少の影響は残るやもしれぬが、確かめるのは目覚めてからだな。父さんも、セリスの記憶を思い出したようにも見えたが、どうだろうな？

創星エリアルにて一気に記憶が頭に流し込まれたため、一時的に混乱しただけとも考えられる。どちらにせよ、母さんほどは心配あるまい。

「帰るか」

ミーシャに声をかける。

だが、彼女はなにかに気がついたように、別方向へ神眼(め)を向けた。

彼女の視線を追う。その先には、災人イザークの眠る氷柱があった。

「目を覚ます」

ミーシャが言った瞬間、ピシィ、となにかを引き裂いたような音が聞こえた。

その氷に、大きな亀裂が入ったのだ。冷気が周囲へ溢(あふ)れ出し、室内に充満していく。だが、そこまでだ。

少々待ってはみたものの、それ以上はなにも起こらない。ミーシャに視線を向けると、彼女はぱちぱちと瞬(まばた)きをした。

「……二度寝した……？」

「ずいぶんと寝起きが悪いことだ」

とはいえ、起きぬなら起きぬで、その方が面倒がなくてよい。

俺は《赤糸の偶人》を《飛行(フレス)》で浮かび上がらせ、《転移(ガトム)》の魔法を使う。幻獣塔の入り口は開いており、ドミニクも雷貝竜(らいかいりゅう)も死んだため、転移を阻害する反魔法はもうない。視界が一瞬真っ白に染まり、やってきたのは魔王列車の機関室だ。

「……あれ？　アノス？」

驚いたようにサーシャがこちらへ駆け寄ってくる。

「ご苦労だったな。こちらは概(おおむ)ね解決した」

ミーシャが創造したベッドに、父さんと母さんを寝かせる。《赤糸の偶人》を床に下ろした。

「それはいいんだけど、アノスがここに来たってことは、じゃ、あれは誰が動かしてるの？」

魔王列車は現在、《渇望の災淵(かつぼうのさいえん)》上空をゆっくりと旋回している。

下方に見えるのは、レブラハルドが率いるハイフォリアの船団。それからナーガ、ボボンガ、コーストリアだ。

《渇望の災淵(かつぼうのさいえん)》に大きな水の柱が立ち上る。巨大な樹海船アイオネイリアがゆっくりと浮上してきたかと思えば、離水して、急上昇した。

数十隻の銀水船はその動きを注視しながら、一カ所だけ道を開けた。二律僭主(にりつせんしゅ)が出ていこうとするなら、邪魔をして、余計な損害を出すつもりはないのだろう。

黒穹(こっきゅう)へ向け、アイオネイリアはぐんぐん上昇を続ける。一定の距離を保ちつつ、ハイフォリアの船団がそれを追いかけた。

「ルツェンドフォルトの軍師だ。なかなかどうして、銀海は広い。恐らく、不可侵領海と比べても遜色あるまい」

イーヴェゼイノの者たちも、本気で追おうとはせず、樹海船が銀泡の外へ出ていくのを見守っている。ただ一人だけ、樹海船に近づこうとしている少女がいた。

「待って」

コーストリアだ。

彼女は黒き粒子を全身に纏わせながら、凄まじい速度で飛ぶ樹海船に追いすがる。

「ねえっ。待って！　聞こえてるでしょっ？　待たないと撃つから」

獅子傘爪ヴェガルヴの先端を、彼女は樹海船へ向けた。

「はいはい、そこまでね、コーストリア」

コーストリアの前に回り込んだナーガが、ヴェガルヴを足先で押さえる。

「どいて」

「聞き分けてちょうだい。感情に任せて手を出せる相手ではないの」

「別に喧嘩するなんて言ってないっ。ちょっと挨拶するだけ。どいて」

コーストリアは傘爪でナーガの足を弾く。

「ボボンガ」

「おう」

後ろから飛んできたボボンガが、獅子の右腕でコーストリアを羽交い締めにした。

「そのぐらいにしておけ、姉弟」

「放して。馬鹿力っ！　序列戦じゃ足止め一つできなかったくせに、味方の邪魔するのだけは一人前ね。馬鹿、無能っ、死んじゃえっ」

ジタバタとコーストリアが暴れるが、その隙に樹海船は速度を増し、黒穹(こっきゅう)から銀泡の外まで飛び去っていった。

『二律僭主(にりつせんしゅ)のイーヴェゼイノ離脱を確認しました。ご協力感謝します』

オットルルーから《思念通信(リークス)》が響く。

『元首アノス、元首代理ナーガは、聖船エルトフェウスへ下りてください。元首レブラハルドより、お話があります』

さて、法に厳格なあの男がどう出るのやら？

ナーガの思惑も気になるところだな。パリントンと手を結んでいたのは確かだが、奴(やつ)に心から服従していたわけでもあるまい。

「母さんを任せる」

俺が言うと、ミーシャがこくりとうなずいた。

「まさか、あの大船団と戦うことにならないわよね？」

サーシャがじとっと俺を睨(にら)む。

「準備はしておけ」

機関室の扉を開け、俺は眼下に見える巨大な箱船、聖船エルトフェウスへ飛び降りた。

§51.【変遷】

聖船エルトフェウスの甲板に、俺は着地する。

左右には鎧(よろい)を纏(まと)った狩猟貴族たちが整然と並んでおり、その中央に聖王レブラハルドとオットルルーが待っていた。

一瞬彼の顔に影が差したかと思えば、上空から車椅子に乗ったナーガがエルトフェウスに下りてくる。

俺たち三人はそれぞれに相対した。線で結べば、ちょうど三角形が描かれる位置取りだ。

レブラハルドは、穏やかさを顔にたたえ、静かに言った。

「こちらの船に呼び出してしまってすまないね。他意がないことは理解してもらいたい」

「構わぬ」

俺に続き、ナーガが口を開く。

「それよりも、早くイーヴェゼイノから出てもらえると助かるわね。二律僭主(にりつせんしゅ)はもういないし、ここに留まる理由はないはずでしょ？」

人の好(よ)さそうな顔で、柔らかく彼女は要求を突きつける。

「初めからそのつもりだ」

レブラハルドが口にすれば、聖船は上昇を始めた。

すぐに銀海へ出るだろう。魔王列車がエルトフェウスに並走し、上昇していく。ハイフォリアの船団も同じく、イーヴェゼイノから離脱を始めた。

「これで安心して話ができるということでいいね？」

「そうね。でも、なんの話かしら？」

目を細め、とぼけるようにナーガが疑問を呈する。それに答えたのはレブラハルドではなく、オットルルーだった。

「元首代理ナーガ。先刻、あなた方、幻獣機関の所長、ドミニクの殺害が確認されました」

ナーガは驚いた素振りもなく、すました顔でオットルルーの言葉に耳を傾けている。

「所長ドミニクのつけていた校章から、界間通信がパブロヘタラへ送られたのです。魔法記録の解析結果、死後彼のそばにいたのはミリティア世界元首アノス・ヴォルディゴードと特定されました」

やはりナーガは口を挟まず、涼しい顔で聞いている。すると、レブラハルドが俺に視線を向けた。

「近くにいたから、犯人だと断定するわけではない。そなたは同じパブロヘタラの学院同盟、その元首だ。同盟世界の要人を手にかけたと見なすには、なにより証拠を重視したい。わかってくれるね？」

冷静なことだ。言葉だけではなく、疑うような気配すらない。

「なにが知りたい？」

「ドミニクが殺害されたのは、ちょうど銀水序列戦の真っ最中とわかった。ということは、元首アノス、そなたは序列戦を抜け出し、イーヴェゼイノの幻獣塔へ赴いた。このことは問題だが、今は優先するべきことが他にある」

あくまで論理的に、レブラハルドは俺に問いただす。

「そこでなにをしていたのか、教えてもらえるね？」

納得のいく説明ができなければ、また面倒なことになったのだろうがな。

「夢想世界フォールフォーラル滅亡の首謀者を炙り出していた」

俺は手にした赤いわら人形を、レブラハルドに見せた。彼は魔眼を向け、その深淵を覗く。

そして、小さく息を吐いた。

「ルツェンドフォルトの元首、パリントンだね」

「こいつがフォールフォーラルを滅ぼした犯人だ。俺の母を手に入れるためにな。その上、ドミニクの記憶を《赤糸》で上書きし、自らに従順な人形に変えていた」

「つまり、ドミニク殺害も、パリントンの仕業と主張するわけだね？」

「ああ。それと」

俺はナーガを親指でさす。

「そいつも一枚噛んでいたぞ」

「なるほど。彼はこう言っているが、幻獣機関の見解はどうかな？」

レブラハルドが、ナーガに視線を向ける。

「概ねアノスの言う通り」

彼女は迷いなくそう口にした。

「聖王さんはどこまでご存じか知らないけど、パリントンはルツェンドフォルトの元首になる前は、イーヴェゼイノの住人だったのね。あたしたちとは交流があり、ちょっとした同盟を結んでいた。でも、フォールフォーラル滅亡は、パリントンの独断よ。疑ってはいたけど、あたしたちにも確証はなかった」

「では、どうしてそれをパブロヘタラに伝えなかった？」

　レブラハルドの追及に、臆することなくナーガは言う。

「そろそろイーヴェゼイノは限界なのね。主神が眠りについたままじゃ、いつまでも銀泡は安定を保てない。裁定神さんなら、わかっているんじゃない？」

　レブラハルドが、オットルルーを振り向く。

「オットルルーは確認しました。イーヴェゼイノの一部神族が幻獣に取り憑かれています。それに伴い、以前よりも小世界の秩序が不安定になっています」

「イーヴェゼイノの秩序は、そもそもが《渇望の災淵》に影響を受けてる。制御された天災、理性のある狂気が、災淵世界の根幹ね。だけど、主神が眠ってからは少しずつ小世界の秩序が弱まっているの。このままいけば、災淵世界の住人は全員理性を失って、渇望に支配される」

　真顔でレブラハルドは問う。

「それは証拠が出せる話と思っても構わないね？」

　ナーガの特性を知っているのだろうな。彼女はいくらでも嘘をつける。だが、馬鹿ではない。そう考えれば、今ここで下手な嘘はつくまい。

「後で納得いくまで調べてもらってもいいわ。あなたじゃなく、オットルルーにね」

　証拠は出すが、聖王に探らせるつもりはないのだろうな。

霊神人剣と滅びの獅子。幻獣たちと狩猟貴族。古くからイーヴェゼイノとハイフォリアは敵対関係にあった。パブロヘタラに加盟した今も、変化したのは表向きの関係だけだ。

「オットルルーが後ほど確認します」

「黙っていた理由はそんなところね。なにが起こるかわからないと知っていても、あたしたちは災人イザークを起こすしかないの。それをパリントンに協力してもらっていた。だから、確証がない内は彼の邪魔になるようなことをするわけにもいかなかった」

ふむ。そういうことか。

「幻獣塔に、災人イザークの氷柱を溶かそうとする術式があった。俺たちがイーヴェゼイノで暴れたことで、目覚め始めているのやもしれぬ」

俺がそう口にすると、レブラハルドが一瞬鋭い視線をこちらへ向けた。

氷柱には亀裂が入り、災人は一瞬目覚めかけた。外の世界に興味を覚えたとも考えられる。

「俺をイーヴェゼイノへ入れたくなかったのはパリントン。それに協力するよう見せかけながらも、実際は俺と災人を出会わせたかったのがナーガ、お前というわけだ」

ナーガが肯定を示すように微笑する。

「アノスは完全体に近いアーツェノンの滅びの獅子。きっと、災人も興味を覚えると思ったのね。うまくいってよかったわ」

災人イザークを起こすのが、ナーガの一番の目的か。奴ら滅びの獅子とパリントンは、同盟を結び、互いに協力していたが、信頼していたわけではない。

パリントンは姉のルナ・アーツェノンと添い遂げるのが目的だ。それを達成したところでナーガたちイーヴェゼイノの住人にはなんの益もないことだしな。

「災禍の淵姫に興味があったように見えたが？」

くすり、とナーガは笑声をこぼす。

「母親に興味がない子供がいると思う？」

「さてな。なんであれ、お前は母さんを危険に曝した」

「危険？　あなたがそばにいるのに？」

ふむ。食えぬ女だ。パリントンではどうあがいても俺には及ばぬと察していたか。確かに事実だが――

「お前は嘘つきだからな」

「否定はできないわ」

どこまで本心なのかは定かではないな。

「そなたらの話は理解した」

レブラハルドが言う。

「結論を述べれば、フォールフォーラル滅亡も、ドミニク殺害も、すべてはパリントンが独断で企てたこと、という主張で構わないね？」

「その女はどうだか知らぬ」

「あら？　あたしはアノスに口添えしたのに、弁護してくれてもいいじゃない？」

俺とナーガは、視線を交わす。

「軽微な違反行為については追って話し合おう。まずはオットルルーに、今回の事実を確認させる」

「了解しました。元首アノス、そのわら人形をお渡しいただけますか？」

オットルルーは《裁定契約》を使う。パリントンへの尋問結果は、公平公正に発表する旨が記載されていた。俺はそれに調印し、パリントンをオットルルーへ投げる。彼女はそれを両手で受け止めた。

「ご協力、感謝します」

裁定神は、これまでの経緯を見る限り、中立性を保っている。信用してまず問題ないだろう。仮に公正な結果が出ないようなら、それはそれでよい。パブロヘタラの膿がわかるというものだ。

「すべての結果が出た後に、当事者のいるミリティアを含め、六学院法廷会議を行おう」

レブラハルドが言う。

「状況によっては、深層講堂以下の学院にも参加してもらった方がいいかもしれないね。元首アノスがフォールフォーラル滅亡の首謀者を生け捕りにしたとなれば、パブロヘタラが通達していた通り、ミリティア世界は聖上六学院に入ることになる」

そういえば、そんなことも言っていたな。

「法は正義だ。しかし、主神のいない泡沫世界が聖上六学院入りするなど前代未聞だからね。理解してもらうのは骨が折れるかもしれない」

「別にいいんじゃない」

ナーガが言う。

「弱小世界の皆さんに過度な配慮はしなくても。最初からそういうルールだったでしょ」

「そういうわけにはいかない。正義とはいえ、それで殴りつければ暴力と同じだ。可能な限りの納得が必要だよ」

「聖王さんは気苦労が多そうな性格ね。気をつけないと、幻獣に乗っ取られるわよ？」

「忠告に感謝を。そうならないように努力しているよ」

ナーガの笑顔を、レブラハルドは笑顔で受け流した。すぐに彼女の車椅子が《飛行(フレス)》の魔法で浮かび上がる。

「もういいわよね。法廷会議の日程はいつ？」

「各調査に三日、お時間をいただきます。法廷会議は四日後、パブロヘタラで行います」

オットルルーが答える。

「じゃ、また四日後に」

「元首代理」

飛び去ろうとしたナーガに、レブラハルドは声をかける。

「災淵(さいえん)世界の事情は察するが、災人イザークは不可侵領海に指定されている。独断は避け、法廷会議の判断を仰ぐことを具申しよう」

「四日後まではなにもしないわ」

そう言って、ナーガは飛び去っていった。すでに、この聖船エルトフェウスは黒穹(こつきゅう)を抜け、銀海を飛んでいるが、イーヴェゼイノから迎えの船でも来るのだろう。

「お前とはゆっくり話したかったのだが、あいにく母さんが目覚めるときにそばにいなければならぬ」

「それは残念だ」

レブラハルドがそう答える。

頭上を見上げれば、そこに銀灯のレールができていた。魔王列車が銀海を走っていき、その隣をゼリドヘヴヌスが飛んでいる。俺が《飛行(フレス)》を使うと、彼は言った。

「元首アノスは、二律僭主(にりつせんしゅ)とどういう関係だ？」

「なに、ともに球遊びをした程度の仲にすぎぬ。しかし、なかなかどうして、話の通じる男だったぞ」

上方へ飛んでいきながら、俺は問い返す。

「こちらも、二、三訊(き)いておこう。お前は霊神人剣がミリティア世界に盗まれたわけではないことを知っていたはずだ」

奴(やつ)はすぐにはなにも言わなかった。

泰然とこちらに視線を向け、やがてゆっくりと口を開いた。

「迷惑をかけたことはすまないと思っている。ハイフォリアの内部で、様々な行き違いがあった」

「ある人物のことを、伏せておかねばならなかったからか？」

ルナ・アーツェノンの名前を出さなければ答えられるだろうと俺はそう問うた。

「そうかもしれないね」

「魔王学院の宿舎に来い。一万四千年前の戦いの結果を見せてやる」

数秒の沈黙の後、レブラハルドは言った。

「すまないね。男爵だったときとはもう違う。今の私は、ハイフォリアを治める聖王だ」

「ほう」

かつて、ルナ・アーツェノンを助けたときのような振る舞いはできぬという意味か。確かに、あの頃とは性格にも行動にも少々違いが見える。

ハイフォリアの元首となった重責ゆえか。それとも、一万四千年前のレブラハルドを変えたなにかがあったのか。

「まあよい。気が向いたなら、いつでも声をかけろ」

レブラハルドは無言でこちらへ視線を送る。

聖船エルトフェウスは舵を切り、ゆっくりとこの海域から去っていった。

§52. 【少女の夢見た】

パブロヘタラ宮殿。格納庫。

水中から魔王列車が浮上し、車体を覆っていた泡が弾けた。全ての扉が開き、魔王学院の生徒たちが疲れた様子で外へ出ていく。

バルツァロンドの部下、二名の狩猟貴族が車両から出ていった。

「元首アノス」

機関室にて、バルツァロンドが言う。

「世話になった。できれば、我ら狩猟貴族の手でフォールフォーラル滅亡の首謀者を捕らえたかったが、結果に不満はありはしない。貴公のおかげで、彼らの無念を晴らすことができる」

バルツァロンドの顔には、哀悼の意が表れていた。

「フォールフォーラルとは懇意にしていたのか？」

「同じ聖上六学院として、切磋琢磨した。理由はそれで十分であろう」

まっすぐ言葉を放つ彼からは、私利私欲というものが感じられない。

「貴公らが新たな聖上六学院として、ハイフォリアと肩を並べる日を心待ちにしている。さらばだ」

颯爽とバルツァロンドは踵を返す。と、思ったのだが、なぜかそのままくるりと一回転して、再び俺に向き直った。

「どうした？」

「言い忘れたことがある」

真剣な表情でバルツァロンドは言う。

締まらぬ男だ。

「私の弓のことは伏せておいてもらいたい」

「言いはせぬ」

すると、今度こそ、バルツァロンドは踵を返す。

その背中に、俺は声をかけた。

「レブラハルドは、パリントンが元イーヴェゼイノの住人だと気がついていたのやもしれぬ」

バルツァロンドが足を止める。

「一連の出来事の発端となった一万四千年前、パリントンがそのときすでに《赤糸》の力を有していたことに気がついていてもおかしくはない」

むしろ、気がつかぬような男とは思えぬ。霊神人剣を自在に使いこなし、イーヴェゼイノの住人である宿命をルナから断ち切るほどの力の持ち主。魔眼も相応のレベルだと思って間違いあるまい。

ならば、あのときのパリントンと、ルツェンドフォルトのパリントンが、同一人物ではないかと疑問を抱かぬ方が不思議なほどだ。

そして、それならば、フォールフォーラル滅亡について、レブラハルドはパリントンにも疑いの目を向けているはずだった。

イーヴェゼイノとミリティアがパブロヘタラに加盟したばかりのタイミングだ。

奴が一番動きやすかった。ハイフォリアが目を配っていたなら、こうはならなかったはずだ。

「パリントンを野放しにしておけば、パブロヘタラに混乱を呼び込むのは道理だ。だが、回避できぬ事情が聖王にはあったのだろう」

バルツァロンドは背を向けたまま、僅かに俯いた。

「親類ならば、心当たりはないか？　バルツァロンド・フレネロス」

男爵時代のレブラハルドの姓は、フレネロスだった。法廷会議にバルツァロンドを伴っていたことから、彼と近しく、信頼していることがわかる。

「陛下は」

バルツァロンドは、ゆっくりと顔だけ振り返る。

「聖王は変わってしまった。私が尊敬した義理と誇りを尊ぶ兄は、もうどこにもいはしない」

そう言い残し、彼は去っていった。

「ふむ」

どこの小世界も問題を抱えているものだな。

『アノス』

サーシャからの《思念通信(リークス)》だ。

『お母様の意識が戻りそうなんだけど、ちょっと様子がおかしくて』

「すぐに行く」

《転移(ガトム)》を使い、母さんを寝かせている車両に転移する。

ミーシャやエレオノールが心配そうにベッドで寝ている母さんを見守っている。隣のベッドには父さんが眠っていた。

すぐにサーシャが駆け寄ってきた。

「様子がおかしいというのは？」

「譫言(うわごと)で、大事なことを忘れたって、さっきから何度も……」

ベッドのそばまで歩いていき、母さんに視線を落とす。

すると――

「……どう……して……？」

閉じているそのまぶたに、うっすらと涙が滲む。

譫言のように、けれども切実に母さんは言う。

「……忘れちゃった……大事なことだったのに……こんなに……」

その場の全員が、心配そうに母さんを見つめた。

「もしかして――」

サーシャが言いかけたそのとき、母さんがぱちっと目を開いた。

そして、俺を見るなり、言ったのだ。

「どうしよう、アノスちゃんっ!!　お母さん、アノスちゃんが看病してくれてるところを、写真に撮り忘れちゃったわ……!!」

サーシャはなんとも言えぬ表情を浮かべ、ミーシャがぱちぱちと瞬きをする。エレオノールはびっくりしたように口を開け、ゼシアとエンネスオーネは不思議そうな顔をしていた。

「ふむ。サーシャ。もしかして、なんだ？」

「……なんで病人が、写真撮ろうとしてるのよ……」

母さんは勢いよく身を起こし、口を開く。

「だって、サーシャちゃんっ。アノスちゃんが看病してくれることなんて滅多にないのよっ！」

サーシャが俺を振り向く。

「してあげなさいよ」

ミーシャが小首をかしげて、俺に訊く。

「治すから無理？」

「ああ」

「あー、そっかそっか。アノス君がいたら、病気なんて滅多にしないし、それで看病してもらえないってことだ」

納得したといったようにエレオノールが声を上げた。

と、そのときだ。

「安心しな、イザベラ」

隣のベッドから響く声。

誰あろう父さんが、起き抜けにニヒルな表情を浮かべていた。

「お前が大変なときに、俺がなにしてたと思うんだ？」

そう言って、父さんはベッド脇に置かれた魔法写真機を手にする。撮影係として、最近ずっと肩からかけていたものだ。

「あなた……」

母さんが瞳を輝かせると、父さんは優しくうなずいた。

「ばっちりだ。アノスの勇姿はここに収めた」

「お母様が大変なときになにしてるのよ……」

サーシャのぼやくようなツッコミが飛ぶ。父さんは起き上がり、魔法写真機のレバーを回す。それにより、魔法陣が描かれ、写真が現像されていく。

「一枚目」

父さんがさっと差し出した一枚の写真。

画像はブレにブレている。最早なにが写っているのかすら定かではない。

「なにこれ……？」

「……ボケボケ？」

サーシャとミーシャが言う。

「ベッドにいるイザベラを看病するアノスッ！」

「ふむ。母さんが倒れたあまり、動揺したか」

それほどの手ブレだったわけだ。

父さんは更にレバーを回す。

「二枚目」

写真にあるのは、深き海中のみだ。

「なにも写ってないぞ？」

「……心霊写真…………ですか……？」

エレオノールとゼシアが言う。

「病気のイザベラのために、敵と戦うアノスッ！」

「俺の動きを追いきれなかったか」

「追いきれると思ったのがびっくりだわ」

父さんはまたレバーを回す。

「三枚目」

写真いっぱいに、魔眼(め)のアップが写っていた。

「まともに撮れたのないんだけどっ！」

すかさず、サーシャがつっこんだ。

「誤って拡大してしまったようだな」

「よくある」

ミーシャがそうフォローすると、堂々と父さんは言った。

「以上だ」

「なんで出したのっ？」

「頑張りをアピールしようと思って……」

「馬鹿なのっ」

サーシャの声が響き渡る。結局、一枚も看病らしき写真は撮れていないようだった。

「……これ……パリントン……？」

ベッドに腰掛け、写真に視線を注ぎながら、母さんが呟(つぶや)く。確かにその魔眼(め)は、パリントンのものだ。

「記憶があるのか？」

俺が問うと、母さんは戸惑いながらもうなずいた。

「……夢を見ていた気がするの。長い夢……それが本物の記憶みたいな気がして……わたしは昔、ルナ・アーツェノンっていう名前で、パリントンは弟で……それで、遠い世界に行って……」

写真から目を離し、母さんはゆっくりと見上げた。

父さんの姿を。

「……あなたに出会った気がするの……」

父さんの手が、母さんの手に重なる。

「待っていたと言ったはずだ。この時代で、お前に出会ったときにな」

そう口にした父さんは妙に落ち着いていて、まるで前世のセリス・ヴォルディゴードのようだった。

「あなた……？」

「思い出したかもしれない。ミーシャちゃんが持ってきてくれた創星エリアルってあっただろ。あの記憶を見たときに、なんか、ちょっとずつ。そう、二千年前、いや、七億年前、ルナ、俺はお前の――」

父さんは真剣な表情で言った。

「――たぶん、ペットだった」

「それ、幻獣の朱猫でしょっ。変な記憶混ざってない？」

すると、野太い声で、父さんは言う。

まるでセリス・ヴォルディゴードのように。

「ペットは語らず。ただ甘えるのみ。にゃんにゃん、にゃにゃん。にゃんにゃにゃにゃん」

「セリスはそんなこと言わないわよっ！　ミーシャ、これ大丈夫？　創星エリアルの悪影響とか、《赤糸》のせいとかないっ？」

ミーシャが小首をかしげる。

「……いつも通り？」

「……そっ……言われてみればそうね……紛らわしいわ……」

ふふっ、と母さんは笑う。

「前世のあなたが見られて、得した気分ね」

「……俺もだ」

小声で父さんが言う。二人は、穏やかな視線を交わした。

少しは覚えているのだろう。照れ隠しだったのやもしれぬな。とことことゼシアが歩いていき、父さんと母さんの間に顔を出す。

そうして、手にした創星エリアルを見せた。

「ゼシア……続き、知りたい……です……」

「ん？　続きってなんのことかな、ゼシアちゃん」

母さんが訊く。

「ルナと……セリスの続き……です……二千年前、アノス……産まれる、ありました……ルナとセリスは、死んで、でも生まれ変わりました……それから、どうなりましたか……？」

父さんと母さんが顔を見合わせる。

「あー、それはボクもちょっと知りたいぞっ」

エレオノールが人差し指を立てる。戻ってくる途中、興味があった何人かは、すでに創星エリアルで過去を見たのだ。

「そう言われても、ねえ……？」

「な、なあっ。前世なのはまあそうかもしれないんだけど、全然覚えてないっていうか……」

「そうっ、そうよねっ。覚えてないわよねっ」

阿吽の呼吸で誤魔化そうとする二人を見て、エレオノールが言う。

「んー？　でも、転生した後の話だから、前世とかじゃなくて、今の二人の馴れそめが聞ければそれでいいんだぞ？」

「馴れそめ……」

珍しく母さんが恥ずかしそうに俯く。

「ど、どんなんだったかなぁ。昔のことだからなぁ」

父さんはいつも通り、わかりやすく動揺している。

簡単に言えば、顔がぷるぷる震えていた。

「そ、そうだわっ！　お母さん、パンを焼かないとっ！　しばらく休んじゃったから、きっと学院のみんなが楽しみにしてるわっ！」

母さんは勢いよくベッドから立ち上がった。

「お、おう！　そうだなっ！　俺も手伝うぞっ。今日は休んだ分もガンガン焼こうっ！」

二人はうなずき合い、逃げるように魔王列車から出ていこうとする。

その途中、母さんはフラッとよろめく。

倒れかかったその体を、俺は支えた。

「……あ、ありがとう、アノスちゃん。ごめんね。もう大丈夫だと思ったんだけど」

「病み上がりだ。無理はせぬ方がいい」

俺は母さんをひょいと抱きかかえる。

「パンはミーシャたちに任せよ。今日一日は、俺が看病しよう」

俺の腕の中で一瞬、きょとんとした後、母さんは満面の笑みを浮かべた。

「ありがとう、アノスちゃんっ……！　アノスちゃんってなんって優しいのっ！　お母さん、もう一生病気でもいいぐらいだわ！」

ぎゅーっと抱きついてくる母さんを腕に抱え、俺は魔王列車を後にする。その後ろにミーシャたちや父さんが朗らかな顔をして続く。

「イージェス」

一人残り、創星エリアルを回収していた冥王が、こちらを向いた。

「それにお前の前世があった。見ておくことだ」

「承知」

列車から下りると、その足で俺は宿舎へ向かう。

「ねえ、アノスちゃん」

「なんだ？」

ふふっと母さんは笑う。

「生まれてきてくれて、ありがとうねっ。お母さんの子になってくれてありがとう」

「どうしたのだ、急に？」

「だって、言いたかったんだもん」

父さんが唐突に走り出し、楽しげな顔で俺と母さんに魔法写真機を向けた。

亡霊だった頃の父とは、まるで違う。

だが、なにも変わっていない。この気持ちを、ずっと彼は押し殺してきたのだろう。

「父さん。幸せか？」

「ば、馬鹿っ、お前っ。なに言ってんだよっ。俺が幸せじゃなかったら、幸せな奴は世の中にいねえよ……！」

恥ずかしげに言いながら、父さんがシャッターを連続で切った。

相当、動揺していると見える。

「母さんは？」

尋ねると、ふふっと母さんは笑った。

「アノスちゃんがいてくれて、お父さんがいてくれて、イージェス君やレイ君や、ミーシャちゃんやサーシャちゃんたちと毎日楽しく過ごせてるでしょ」

エンネスオーネが頭の翼をはためかせ、浮かび上がる。彼女に持ち上げられたゼシアが、自分を指で差し、アピールしていた。

「ゼシアちゃんも、エンネスオーネちゃんも、エレオノールちゃんもいてくれて、嬉しいわよ」

満足げにゼシアは微笑み、エレオノールが頭を撫でられていた。

「思った以上に色んなことがあったけど、こういうのがお母さんの夢だったの。こんな素敵な家庭をずっとずっと、ずぅーっと作りたかったのね」

本当に嬉しそうに、母さんは言う。

ようやく手が届いたのだと、輝くような笑みをたたえながら。

「ありがとう、アノスちゃん。ありがとう、あなた。わたしね、こんなに幸せなことって、他にないわ」

§エピローグ【～言葉～】

ずっと、探してた。

この広い海の中、ただ一人のあなたを。

何度生まれ変わっても、わたしは、きっと。


一〇年前。ミリティア世界。アゼシオン、ロウザ村。

しとしとと小雨の降り注ぐ、昼下がり。水たまりを踏む、蹄の音が聞こえる。ありふれた民家の前に、豪奢な馬車が止まった。

キャビンにはガイラディーテ王家の紋章がある。

「イザベラッ、イザベラッ……！」

慌てたような老婆の声が、家中に響き渡った。イザベラの祖母、メリアのものである。

「はーい、ちょっと待ってね。もうすぐ焼けるわ」

キッチンでおやつのパイを焼いていたイザベラが、ほんわかと返事をした。

パタパタと足を鳴らして、祖母がやってくる。

「そうじゃないよっ。あんた、大変だよっ。ガイラディーテの王子様がいらしたんだよっ。あんたに用だって、いったいなにをしたんだいっ？」

「ガイラディーテの王子様？」

キッチンから、顔を出したイザベラが小首をかしげる。

「知らないわ」

「知らないって、それじゃ人違いなのかい？　ああ、そうだよね。あたしらみたいな平民に、王子様が直々に会いに来るなんてことが――」

「人違いではない」

祖母が振り向けば、家の中に若い青年が入ってきていた。王族の装束を身につけており、後ろには兵士二名が控えている。

「先日の舞踏会にお忍びで参加していた。覚えているだろうか？」

イザベラは記憶を振り返る。

「あ……宝石商ジェイクさんのお得意様の……ジョンさん……」

見習い鑑定士だったイザベラは、目利き（めき）のよさを買われて、都の宝石商の贔屓（ひいき）にされていた。そのつながりで舞踏会にも参加し、今目の前にいる青年を紹介されたのだ。

「舞踏会では正式に名乗れなかった。改めて挨拶をさせていただく。ガイラディーテの第四王位継承者、ジョン・エンゲロだ」

「あたしらのような下々の者の家に、ようこそいらっしゃいました。不慣れなもので、どうか、無作法をお許しを」

メリアが跪こうとゆっくりと膝を折る。

イザベラが、そっと肩を貸した。

「大丈夫？　お祖母ちゃん？　ゆっくりね」

「膝が悪いのだろう。そのままで構わない。君もだ、イザベラ」

ジョンは優しく言う。

ぺこりとイザベラは頭を下げた。

「あの……王子様、本日はどんなご用でしょうか……？」

「舞踏会での忘れ物を持ってきたのだ」

イザベラは不思議そうな表情を浮かべた。

「……忘れ物なんて――」

彼女は言葉を失う。

ジョンがリングケースを取り出し、それを開けたのだ。

中に入っていたのは、何カラットもあろうかというダイヤの指輪だった。リングは金で、王家の者にしか許されていない特別な装飾が施されている。

「忘れたのは、君への言葉だ。舞踏会の夜に話して以来、君のことが頭から離れない」

ジョンは、静かにイザベラの前に跪く。そうして言ったのだ。

「どうか、イザベラ、私の妻となってほしい。君の望むものはなんでも用意する。絶対に幸せにすると誓おう」

感激したように祖母が目を両手で覆う。

僅かに涙が滲んでいた。

「ああ、長生きはするもんだねぇ。これであたしも安心してあの世に――」

「ごめんなさい」

静寂が、室内を襲う。

気まずい沈黙が、数秒間続いた。

ジョン王子も、二の句が継げない様子だ。断られると思わなかった、というほど彼は傲慢ではないが、王族からの求婚を、この場で迷いもせず辞退されるとはさすがに考えなかったのだ。

「……そうか。君のような素敵な女性に、想い人がいないと考えたのは早とちりであった……」

「いえ、いません」

再び気まずい沈黙が、室内にたちこめた。

王子はいたたまれない表情になり、後ろの兵士二人はどうすればいいのか困っている様子だ。

「………理由を、教えてくれないか？」

ジョン王子は、諦めきれないようにそう言った。

「出会ったばかりで決めて欲しいというわけではない。まず私の人となりを、なにより君への想いを知って欲しい。悪いところがあれば直し、君に相応しい男になれるよう努力する。その上で、イザベラ、やはり求婚を受けられないというのなら、それでも構わない。だから、今すぐ結論を出すのは待って欲しい」

「ほら、イザベラ。王子様がこうおっしゃっているんだよ？　少しぐらい考えたら……？」

メリアが王子に助け船を出す。

変わり者の孫娘が、軽率な判断をして後悔しないようにと思ったのだ。すると、イザベラはのんびりとした口調で言う。

「王子様。わたしは、雨女なんです。生まれたときも、学校の入学試験のときも、今のお店に雇ってもらえたときも、大事なことがあるときは、いつも雨が降っています」

話が唐突に飛んだかのようだった。

それでも、ジョンは真剣に耳を傾け、相づちを打つ。

「あなたがこの雨音を止めてくれるのなら、もう少しだけ考えてみようと思います」

ジョンは真顔になる。

雨を止めるなど、できるはずもなかった。

「……どうやら、これ以上食い下がるのは恥を重ねるだけのようだ……」

断り文句と受け取ったのだろう。王子はさすがに脈なしと悟った。

イザベラは深く頭を下げる。ジョンは踵を返し、彼女の家から去っていった。

王家の馬車が視界からなくなったのを窓から確認すると、祖母のメリアは緊張の糸が切れたように、大きく息を吐いた。

「……あんたは本当に物怖じしないねぇ。王子様に見初められたのもびっくりだけど、まさかこんなにあっさり求婚を断るなんて思いもしなかったよ……」

メリアがよろよろと椅子の方へ歩いていく。その手を取って、イザベラは介助をする。

「ごめんね、お祖母ちゃん。王宮に行ったら、お祖母ちゃんものんびり暮らせたと思うけど……」

「よしとくれよ。あたしは畑仕事しか知らない農民の出だ。王宮の暮らしなんて、柄じゃないね。どうせ老い先短いんだ。この村を離れるつもりもないしねぇ」

ゆっくりと、メリアは安楽椅子に座った。

「あたしが心配してるのは、お前のことだよ。お前は器量がいいし、気立てもいい。あたしの自慢の孫娘さ。ちょっと変わったところはあるが、不思議と人を惹きつける」

痛むのか、祖母は膝を手でさすっている。

「それで、何人もの男に見初められた。優しい男も、村一番の美丈夫も、金持ちや、学者、戦士、貴族だっていた。あげく今度は王子様ときた。だけど、あんたは誰にもまったく興味を示さない」

イザベラが曖昧に笑う。

「あんたの両親が亡くなっちまって、なんとか嫁に出すまではとあたしもがんばってきたけどねぇ。こんな調子じゃ、安心して死ねやしないよ」

「それなら、結婚しなくてもいいのかも」

メリアは穏やかな表情で、しかし静かに頭を振った。

「困った子だねぇ。そうはいっても、あたしもいつまでも、おじいさんを待たせるわけにはいかないしねぇ」

祖母が元気な内に、花嫁姿を見せてあげられればとイザベラは思う。

だけど、違うのだ。優しくても、美しくても、金持ちでも、学者でも、貴族でも、王子様だって。

誰一人、彼女の心は動かせない。

なぜだか、わからない。

恋にときめかないわけではない。

同年代の女の子たちと、恋の話に花を咲かせることもある。

それでも、誰に口説かれても、違うと思ってしまうのだ。普通の村娘が羨むような縁談も、どうしても魅力的には思えない。

彼女自身、不思議なのだ。

ずっと、待っている気がした。

会ったこともないその人を。

ずっとずっと、昔から。

そんなことは、心配をかけるだけだから、祖母には言えない。

誰にも、言えはしなかった。

「お仕事行ってくるね。鑑定の品を届けなきゃいけないの」

「ああ、行ってらっしゃい」

焼けたパイを石窯から出すと、メリアがいつでも食べられるようにしておき、イザベラは家を出た。

仕事は簡単なおつかいみたいなものだ。客先に品物を届け、料金をもらい、少しだけ雑談をして、それで終わった。

外へ出ると、雨脚が強くなっていた。

「……困ったわ……」

傘をさし、イザベラは思い切って足を踏み出す。しばらく歩いたが、雨脚は強くなる一方だ。傘と地面に雨音が響く。水たまりを踏む足が、雨を撥ね上げ、音を鳴らす。イザベラは逃げるように、すぐ近くにあった古びた教会の中へ避難した。

「……ごめんくださーい……」

雨宿りをしてもいいか、奥へ声をかけた。

だが、返事はない。室内は埃っぽく、建物は傷んでいる。使われていない教会なのかもしれない。彼女は祭壇の方へ歩いていく。

しばらくここで、雨が弱まるのを待とうと思った。傘は持っているし、雨脚が強いとはいえ、家まで辿り着けないほどではない。

だが、一つだけ問題がある。

イザベラは雨の音が嫌いなのだ。

嫌なことを思い出す気がするのだ。

とてもとても嫌なことを。

誰かと一緒にいるときはまだ平気だが、一人になると、わけもわからず涙がこぼれる。記憶を辿っても、なにも思い出せない。

だけど、どうしようもなく悲しい気持ちになるのだ。願っても願っても、大切なものに届かない。

そんな根拠のない想いが、胸の奥に渦巻いた。

「……ここは……ちょっと響くわね……」

建物が古く傷んでいるからか、雨音は大きく室内に響いた。

イザベラはしゃがみ込み、床に傘を置くと、両耳に手を当てた。じっと雨が止むのを待つ。

耳を塞いでも僅かに聞こえる。しとしとと屋根に跳ね返り、水たまりを弾き、地面を濡らす雨の音。彼女がうずくまりながら耐えていると、それに交ざって、にゃあ、と猫の鳴き声が聞こえた。

窓から毛並みの蒼い猫と、朱い猫が飛び込んでくる。

朱い猫はなぜか口に、傘をくわえていた。

「ちょっ、こらぁ、待て待て待てっ！」

バタンッと扉が開け放たれ、びしょ濡れの男が教会に駆け込んでくる。背が高く、体ががっしりとしており、黙っていれば精悍な顔つきだろう。

だが、獲物を狙うような彼の表情は、どこか剽軽さを感じさせる。

若き日のグスタであった。猫に傘を奪われたのだろう、にゃあにゃあと鳴きながら逃げる猫を、彼は必死に追いかけ回す。

そうして、壁の隅まで追い詰めた。両腕を広げ、わきわきと指を動かしながら、彼は言う。

「ふ。悪いが、お前との追いかけっこはここまでだぜ」

猫が走り出すと同時に、グスタは勢いよく飛びついた。

「逃がすかぁぁあっ、うりゃあぁっ！」

思いきり手を伸ばせば、グスタは傘を確かにつかんだ。直後、勢い余って、彼は壁に頭を打った。

「ぐおぅっ……!!」

うずくまり、悶絶するグスタ。

その様子をイザベラは呆然と見ていた。

う、うぅ、と苦悶の声が漏れる。

次第に痛みが引いてきたか、彼はよろよろと起き上がる。ゆっくりと振り向き、そうして、泣いているイザベラと視線が合った。

「あ……………」

「お……………」

二人は、同時に声を発した。

数秒の沈黙。グスタは自分の体を拭こうと鞄から取り出したハンカチを、ぎこちなく、イザベラに差し出す。

「え………？」

「ああ、いや、その」

キリリと表情を引き締め、彼は言った。

「可愛い子に、涙は似合わないぜ」

目を丸くするイザベラ。

「ははっ、な、なんちゃってー」

そんな風におどけるグスタを見て、彼女の涙がピタリと止まる。

ふふっとイザベラは笑った。グスタの視線がその笑顔に引きつけられる。

「あ、ええと、これ……」

「ありがとう」

グスタがハンカチを、イザベラに手渡す。

二人の指先が微かに触れた。窓の外が、派手に光り、一瞬遅れ、大きな雷鳴が耳を劈く。

雨が降っていた。

止むこともなく、ずっとずっと。

雨の音が大嫌いで、それを聞く度に、イザベラはどうしようもなく悲しい気持ちになったのだ。

だけど――

今はもう聞こえない。

その苛烈な雷鳴が、雨音を吹き飛ばし、彼女の心臓に響き渡る。

「それ、あげるよ」

「え、でも……」

「安物だからさ。それじゃ」

グスタは手を振り、踵を返した。

ゆっくりとその背中は遠ざかっていく。

だめだ、とイザベラは思った。

追いかけなきゃならない。

彼を見失ってはいけない。

なぜか漠然と、そんなことを考えていた。

だけど、どうすればいいか、わからなかった。なんて言って、引き止めればいいのか、どうしても言葉が出てこない。

ただただ思うのは、彼女が声をかけなければ、彼は振り返りもせず、去っていってしまうということだけだ。

ずっと、ずっと、そうだった。

どうしてそう思うのかさえわからないけど、そんな気がしていた。

彼は待ってはくれない人なのだ。衝動に突き動かされるように、彼女は震える足を懸命に前へ踏み出す。

そのときだった。

扉を開けた彼が、イザベラの方を振り返ったのだ。

「あー、えーと……」

恥ずかしげに、グスタは言った。

「お嬢さん。家の方向、どっちだ？」

「え……？」

「雨宿り、だよな？　急ぐなら、入ってくか？」

そう言って、グスタは自らの傘を指した。

「あ……」

一瞬彼女は、床に置いた傘に視線をやる。

それを足で押して、物陰に隠した。

「……うん……傘……なくて……」

イザベラは、グスタのもとへ歩いていく。

もっと、なにか言わなきゃ。そんな風に思いながら、彼女は必死に頭を悩ませる。

だが、気の利いた台詞はなにも思いつかない。グスタのそばまで来てしまい、焦った彼女は口走ってしまったのだ。

「……これ、あの…………ナンパじゃないよね……？」

「いやっ、ば、馬鹿っ、なななななな、なに言ってんだよっ」

わかりやすく、グスタが動揺をあらわにする。

下心が丸見えであった。

「お、俺ぁ、自慢じゃないが、生まれてこの方、女の子に自分から声をかけたこともねえよっ！」

イザベラがきょとんとする。

それから、ふんわりと笑った。天使のようなその笑顔に、グスタはまたぼーっと見とれてしまう。

「わたし、あっちなの。大丈夫？」

イザベラが自宅の方角を指す。

「お、おう。俺もちょうどあっちだからな」

グスタが広げた傘に、イザベラが遠慮がちに入る。

さっきよりも少しだけ、雨脚が弱まっていた。

「でも、慣れてそうに見えるなぁ」

雨の中、相合い傘で歩きながら、イザベラがからかうような笑みを見せる。

「な、なにがだ？」

「ナンパ」

「そ、それはあれだ、あれ。なんせ脳内練習なら、数え切れないほどやったからな！」

「練習だけ？」

「まあ、なんつーかなぁ。やっぱ、こうあるだろ。颯爽とした口説き文句で、電光石火で付き合っちゃおう的な男のロマンってやつがさ」

イザベラがうーんと考える。

男のロマンはよくわからなかった。

「ロマンチックな出会いってこと？」

「そうそう、それな。まあ、でも、いざ可愛い女の子を前にしたら、足が竦んじまって全然口説き文句なんて出てこねぇんだわ。ははっ」

軽やかに情けなさを笑い飛ばす彼を見て、なぜだかイザベラもつられて笑った。

どうしてだろう。

初めて会ったのに、初めて会った気がしないのは。そんな風に彼女は思い、自然と言葉が口を突いた。

「じゃ、お礼にナンパの練習してみる？」

グスタが目を丸くする。

彼女は自らを指さした。

「わたしで」

「マジでかっ……!?」

凄まじいまでの食いつきに、提案したイザベラの方が驚いていた。

普通の女の子なら、ドン引きだったかもしれない。だけど、彼女はなんだかそれが嬉しかったのだ。

「うん、マジ」

「雷が怖くてさ」

ニヒルでアンニュイな雰囲気を漂わせ、グスタが言う。

初っぱなから全力、のっけから全開。

溢れんばかりの妄想ナンパが、すでに始まっていた。

「男で雷が怖いなんてみっともないだろ。だから、誰にも言ったことなくてさ」

陰のある男を演じるように、グスタが言う。

　変なの、と思いながらイザベラは訊いた。

「どうして怖いの？」

「たぶん、俺は、雷様の生まれ変わりなんだ」

　思わずイザベラは噴き出してしまう。これまで色んな男の人に口説かれたが、そんな文句は初めて耳にした。

「雷みたいにヤベエ奴でさ。ギザギザにビリッては、触れるものをみんな傷つけてた」

　面白かったので、イザベラは続きを聞いてみることにする。

「そうなのね。それで？」

「だから、なんていうかさ」

　グスタは、空を見上げ、雨雲を見つめた。

　気取りに気取って、彼は言う。

「雷を聞く度にそれを思い出して自己嫌悪に陥るっていうか、また元の自分に戻るんじゃないかって怖いんだと思うんだよな。でも」

　一瞬遠くの空が光り、雷鳴が大きく轟いた。

「なんでか知らないけど、さっきは平気だった」

　雷をまっすぐ見つめ、グスタは目を細めた。

「雷が鳴ってるのに、優しい雨の音だけが聞こえててさ。ずっと、頭に響いてた雷が、ようやく鳴り止んだ気がして……」

　彼の口から、自然と言葉がこぼれ落ちる。

「この日を待ってたんだって……」

イザベラが足を止める。

グスタも立ち止まった。

「ああ、いや、なに言ってんだろうな……」

「うぅん」

イザベラは静かに首を振った。

「……わかるわ……わたしも……そうだったもの……」

彼の瞳に、イザベラの視線が吸い込まれていく。こんな馬鹿なこと、誰にも言えないと思っていた。誰だって、笑い飛ばすだろうと思っていた。

だけど、この人なら――

「雨の音が止まったわ。あなたに出会ってから」

「あ……」

見上げてくるイザベラを、彼は優しく見返した。

「さっきはさ。だから、普段は怖じ気づいて声なんてかけられないけど、今度こそ絶対、俺から声をかけないと後悔するって思って……」

温かい気持ちが溢れ返る。

「ねえ、こんなこと言ったら……おかしいって思うかもしれないけど……」

「初めて会った気がしないよな」

なぜだろう。

意味もわからず、泣きそうになりながら、イザベラはこくりとうなずいた。

「……うん……」

本当に、どうしてしまったのか。

初めて会ったはずなのに。

どうしてだろう。

彼の言葉が、こんなにも胸に響くのは。

「運命って、あると思うか？」

こんなありふれた口説き文句が、嬉しくて嬉しくて仕方ない。

もっと、もっと、聞きたかった。

もっと、もっと、欲しかった。

彼の口から、なんでもないようなその言葉が。

「運命だったら、いつからかな？」

「……そうだなぁ……」

降り注ぐ雨音に耳をすましながら、グスタは静かに口を開く。

「そりゃ、やっぱり、生まれたときから……」

「うん」

「ああ、いや、運命だからな、生まれる前、二千年ぐらい前から」

「二千年前？」

「いやいや、違うな。もっともっと、ずっと前――」

空が雷光で明滅する。

一瞬紫に染まったグスタの瞳が、とても優しく、彼女を見つめた。

「七億年前から待ってたぞ」

はらりと一粒の雫（しずく）がイザベラの瞳からこぼれ落ちる。

なにも語ることのない亡霊の戦いを、見守り続けた少女がいた。

ありふれた家庭と穏やかな日々、優しくて健康な子を授かることを夢見た彼女は、亡霊に恋をして、そのすべてを捨てた。

この気持ちがあれば、なにもいらない、と。

願ったのは、戦い続けた彼の平穏だった。

だけど、それでも一つだけ。

彼女には諦めきれなかったものがある。

亡霊は語らず――

彼はなにも言えない。

わかっている。

言わなくても、彼の気持ちはわかっている。

わかっているのだ。

そう何度となく言い聞かせても、それでも、やっぱり、ずっとずっと不安だった。

彼は、本当に、自分を愛してくれていたのだろうか？

たった一言、その言葉が、最後の瞬間にどうしても聞きたくなった。

最後の最後に、叶わぬ夢を、抱いてしまった。

だけど、今、長い長い時を超え――

「ずっと、愛してた」

それが――

「……わたしも……ずっと、待ってたわ……」

ここに、ようやく叶ったのだった。

了

あとがき

魔王学院アニメ第二期の放送が二〇二三年予定ということで発表されましたが、それに伴い監修作業などが増えてきまして、多忙な日々を送っております。

一期のときにもお話ししたかもしれませんが、原作者というのは、基本的にメディアミックスに関わるすべての内容につきまして監修することが多いです。アニメというのは、この量が非常に多いことから、完成まで作業に追われることになります。楽しみしていただいている皆様に、より良いものが届けられますよう、一生懸命頑張りたいと思います。

さて、今回もしずまよしのり先生には大変素晴らしいイラストを描いていただきました。ルナとセリスの出会いが見られて、本当に嬉しいです。

また担当編集の吉岡様にも大変お世話になりました。ありがとうございます。

最後になりますが、お読みいただきました読者の皆様に心よりお礼を申し上げます。また次巻もがんばりますので、よろしくお願いいたします。

二〇二二年八月三〇日　秋

◉秋著作リスト

「魔王学院の不適合者
～史上最強の魔王の始祖、転生して子孫たちの学校へ通う～　1～12〈上〉〈下〉」（電撃文庫）

「魔法史に載らない偉人
～無益な研究だと魔法省を解雇されたため、新魔法の権利は独占だった～」（同）

本書に対するご意見、ご感想をお寄せください。

ファンレターあて先
〒102-8177　東京都千代田区富士見2-13-3
電撃文庫編集部
「秋先生」係
「しずまよしのり先生」係

本書は、「小説家になろう」に掲載された『魔王学院の不適合者　～史上最強の魔王の始祖、転生して子孫たちの学校へ通う～』を加筆修正したものです。

電撃文庫

魔王学院の不適合者 12〈下〉
～史上最強の魔王の始祖、転生して子孫たちの学校へ通う～

秋

2022年10月10日　初版発行
2022年12月10日　再版発行

発行者　山下直久
発行　株式会社KADOKAWA
〒102-8177　東京都千代田区富士見2-13-3
0570-002-301（ナビダイヤル）
装丁者　荻窪裕司（META＋MANIERA）
印刷　株式会社KADOKAWA
製本　株式会社KADOKAWA

●お問い合わせ
https://www.kadokawa.co.jp/（「お問い合わせ」へお進みください）
※内容によっては、お答えできない場合があります。
※サポートは日本国内のみとさせていただきます。
※Japanese text only

※定価はカバーに表示してあります。

ISBN978-4-04-914533-5　C0193　Printed in Japan

電撃文庫　https://dengekibunko.jp/

電撃文庫創刊に際して

文庫は、我が国にとどまらず、世界の書籍の流れのなかで〝小さな巨人〟としての地位を築いてきた。古今東西の名著を、廉価で手に入りやすい形で提供してきたからこそ、人は文庫を自分の師として、また青春の想い出として、語りついできたのである。

その源を、文化的にはドイツのレクラム文庫に求めるにせよ、規模の上でイギリスのペンギンブックスに求めるにせよ、いま文庫は知識人の層の多様化に従って、ますますその意義を大きくしていると言ってよい。

文庫出版の意味するものは、激動の現代のみならず将来にわたって、大きくなることはあっても、小さくなることはないだろう。

「電撃文庫」は、そのように多様化した対象に応え、歴史に耐えうる作品を収録するのはもちろん、新しい世紀を迎えるにあたって、既成の枠をこえる新鮮で強烈なアイ・オープナーたりたい。

その特異さ故に、この存在は、かつて文庫がはじめて出版世界に登場したときと、同じ戸惑いを読書人に与えるかもしれない。

しかし、〈Changing Times,Changing Publishing〉時代は変わって、出版も変わる。時を重ねるなかで、精神の糧として、心の一隅を占めるものとして、次なる文化の担い手の若者たちに確かな評価を得られると信じて、ここに「電撃文庫」を出版する。

1993年6月10日
角川歴彦

電撃文庫DIGEST　10月の新刊

発売日2022年10月7日

ソードアート・オンライン27
ユナイタル・リングⅥ

著／川原 礫　イラスト／abec

アンダーワールドを脅かす《敵》が、ついにその姿を現した。アリスたち整合騎士と、エオラインたち整合機士——アンダーワールド新旧の護り手たちの、戦いの火ぶたが切って落とされる——！

幼なじみが絶対に負けないラブコメ10

著／二丸修一　イラスト／しぐれうい

新学期を迎え進級した黒羽たち。初々しい新入生の中には黒羽の妹、碧の姿もあった。そんな中、群青同盟への入部希望者が殺到し、入部試験を行うことに。指揮を執る次期部長の真理愛は一体どんな課題を出すのか——。

呪われて、純愛。

新作

著／二丸修一　イラスト／ハナモト

記憶喪失の廻の前に、二人の美少女が現れる。『恋人』と名乗る白雪と、白雪の親友なのに『本当の恋人』と告げて秘密のキスをしていく魔子。廻は二人のおかげで記憶を取り戻すにつれ、『純愛の呪い』に蝕まれていく。

魔王学院の不適合者12〈下〉
～史上最強の魔王の始祖、転生して子孫たちの学校へ通う～

著／秋　イラスト／しずまよしのり

《災淵世界》で討つべき敵・ドミニクは何者かに葬られていた。殺害容疑を被せられたアノスは、身近に潜む真犯人をあぶり出す——第十二章《災淵世界》編、完結!!

恋は夜空をわたって2

著／岬 鷺宮　イラスト／しゅがお

ようやく御簾納の気持ちに応える決心がついた俺。「ごめんなさい、お付き合いできません」が、まさかの玉砕!?　御簾納自身も振った理由がわからないらしく……。両想いな二人の恋の行方は——？

今日も生きててえらい!3
～甘々完璧美少女と過ごす3LDK同棲生活～

著／岸本和葉　イラスト／阿月 唯

相変わらず甘々な同棲生活を過ごしていた春幸。旅行に行きたいという冬季の提案に軽い気持ちで承諾するが、その行先はハワイで——!?　「ハルくん！　Alohaです!!」「あ、アロハ……」

明日の罪人と無人島の教室2

著／周藤 蓮　イラスト／かやはら

明らかになる鉄窓島の「矛盾」。それは未来測定が島から出た後の"罪"を仮定し計算されていること。つまり、島から脱出する前提で僕らは《明日の罪人》とされている。未来を賭けた脱出計画の行方は——。

わたし以外とのラブコメは許さないんだからね⑥

著／羽場楽人　イラスト／イコモチ

学園祭での公開プロポーズで堂々の公認カップルとなった希墨とヨルカ。幸せの絶頂にあった二人だが、突如として沸いた米国への引っ越し話。拒否しようとするヨルカだったが……。ハッピーエンドをつかみ取れるか！？

アオハルデビル

新作

著／池田明季哉　イラスト／ゆーFOU

スマホを忘れて学校に忍び込んだ在原有葉は、屋上で闇夜の中で燃え上がる美少女——伊藤衣緒花と出会う。有葉は衣緒花に脅され、〈炎〉の原因を探るべく共に過ごすうちに、彼女が抱える本当の〈願い〉を知ることに。

『竜殺しのブリュンヒルド』

著／東崎惟子　イラスト／あおあそ

竜殺しの娘として生まれ、竜の娘として生きた少女、ブリュンヒルドを翻弄する残酷な運命。憎しみを超えた愛と、愛を超える憎しみが交錯する！　電撃が贈る本格ファンタジー。

『ミミクリー・ガールズ』

著／ひたき　イラスト／あさなや

2041年。人工素体――通称《ミミック》が開発され幾数年。クリス大尉は素体化手術を受け前線復帰……のはずが美少女に!?　少女に擬態し、巨悪を迎え撃て！

『アマルガム・ハウンド　捜査局刑事部特捜班』

著／駒居未鳥　イラスト／尾崎ドミノ

捜査官の青年・テオが出会った少女・イレブンは、完璧に人の姿を模した兵器だった。主人と猟犬となった二人は行動を共にし、やがて国家を揺るがすテロリストとの戦いに身を投じていく……。

はたらく魔王さま!
Satoshi Wagahara
Illustration ■ Oniku
和ケ原聡司
イラスト■029
魔王城は六畳一間!?
フリーター魔王さまの庶民派ファンタジー!
世界征服間近だった魔王が、勇者に敗れて辿り着いた先は、異世界"東京"だった!?
六畳一間のアパートを仮の魔王城に、フリーターとして働く魔王の明日はどっちだ!!
電撃文庫

SWORD ART ONLINE
ソードアートオンライン
川原 礫
イラスト/abec
「これは、ゲームであっても遊びではない」
《黒の剣士》キリトの活躍を描く
究極のヒロイック・サーガ!
電撃文庫